Die Opfer/-innen
diverser
Kommunikationsprobleme

Satirische Kurzgeschichten
von
Arno-M. Fossa

Impressum

Copyright 2022 Arno-M. Fossa

1. Neuauflage 2023

Herstellung und Verlag:
BoD - Books on Demand, Norderstedt

ISBN: 9783756862931

Inhaltsangabe

Mein Freitag der Dreizehnte

Im Laufe meiner über fünf Lebensjahrzehnte habe ich die Erkenntnis gewonnen, dass damals nicht Alles besser war, aber manches war einfacher. So zum Beispiel der Besuch einer öffentlichen Toilette.

Der Tag, an dem ich diese Erkenntnis erlangte, fing eigentlich wirklich gut an. Es war ein Freitag der Dreizehnte und ich machte mich gedanklich wie immer über Diejenigen lustig, die dieses Datum furchteinflößend fanden.

An diesem Mai-Tag, war das Wetter sonnig und mild und ich hatte einen ausserplanmäßigen Urlaubstag. Mit einem Satz: Es war perfekt.

So kam mir nach dem langen Ausschlafen und dem ausgiebigen Frühstück der Gedanke, einen Ausflug ins Grüne zu machen. Diesen schönen Tag wollte ich für mich ganz in Ruhe und allein genießen. Deshalb stellte ich auch zu aller erst mein Mobiltelefon ab.

Gutgelaunt ging ich zum nahegelegenen Naturpark – Aussenmühlenteich. Dieser Teich ist größer als der Name vermuten lässt. Für die Umrundung dieses Gewässers auf Wald ähnlichen Wegen brauchte ich üblicherweise zirka eine Stunde, wenn ich gemächlich drumherum spazierte.

Bei meiner Ankunft dort am besagten Freitag glitzerte die Sonne im Wasser des Sees und eine leichte Brise brachte die Blätter der vielen Bäume an den Wegen zum Rascheln.

Herrlich.

Weil es ein normaler Wochentag war, hatte ich dieses Naherholungsgebiet fast für mich alleine, was mir auch sehr gut gefiel. Aber so ungefähr nach der Hälfte der Umrandung verspürte ich plötzlich einen langsam stärker werdenden Druck in Blase und Darm. Auch das war genaugenommen das perfekte Timing, denn ich wusste aus Erfahrung, dass es ganz in der Nähe meines damaligen Standortes eine öffentliche Toilette gab.

Wie lange ich dort schon nicht mehr gewesen war, erkannte ich sofort, als ich die WC-Anlage aus der Ferne zu Gesicht bekam.

Jahrzehnte lang stand dort ein kleines gemauertes Häuschen mit zwei Eingängen. Einer für Damen und der Andere für Herren. Ohne zuvor bezahlen zu müssen, war man dort hineingegangen, hatte sein Geschäft erledigt und ging nach dem Händewaschen wieder hinaus.

Das Häuschen gab es nicht mehr. Stattdessen hatte die Bezirksverwaltung an diesem Ort eine hochmoderne WC-Anlage hin bauen lassen. Für ungefähr Einhunderttausend Euro, wie ich später in Erfahrung bringen sollte.

Kurz bevor ich die Toilettenanlage erreichte, fing es dann etappenweise an, intensiv nach Urin und anderen Fäkalien zu stinken. Ganz offensichtlich hatten einige unkultivierte Leute lieber das Gebüsch als die neue Toilette benutzt. Was waren das bloß für unzivilisierte Menschen? Waren sie wirklich so geizig, dass sie keine Fünfzig Cent Benutzungsgebühr bezahlen wollten?

Am fehlenden passenden Kleingeld konnte es jedenfalls nicht gelegen haben, denn die Hightech-Anlage akzeptierte auch Geldscheine und digitale Bezahlarten sowie allerlei Karten.

Endlich hatte ich die geschlossene einzelne Eingangstür der WC-Anlage erreicht. Der Bewegungsmelder hatte dabei erkannt, dass ein Kunde hinein wollte und so sprang die Computer generierte Sprachsteuerung an:

"Guten Tag. Herzlich willkommen in Ihrer wohlfühl Sanitär-Anlage. Bitte treffen Sie zunächst am Display rechts neben der Tür Ihre Auswahl." Anschließend wurde der Text nochmals auf Englisch wiederholt.

Das Display fragte aufeinanderfolgend nach meinem Sprachen- und Bezahl-Wunsch. Deutsch als Sprache ging klar, aber weil ich Barzahlung angeklickt hatte, sprang erneut die liebliche Stimme der Sprachsteuerung an:

"Diese Bezahloption ist leider momentan nicht verfügbar. Bitte wählen Sie eine andere Option."

So nahm ich meine Girokontokarte, drückte am Display auf Kartenzahlung und schob die Karte in den Automatenschlitz.

Die Computerstimme meldete sich wieder zu Wort:

"Bitte geben Sie Ihre Geheimzahl ein und bestätigen Sie den Vorgang mit der Bestätigungstaste."

Langsam wurde der Druck in meinem Bauch deutlich grenzwertig. Deshalb war ich etwas nervös und tippte offenbar einen Zahlendreher auf dem Display, denn anschließend meldete sich die Stimme mit folgender Information:

"Ihre Eingabe war nicht korrekt. Bitte entnehmen Sie die Karte und versuchen Sie es erneut."

So zog ich also die Karte heraus. Anstatt aber sofort erneut, die Karte einführen zu können, musste ich mir zunächst nochmals den Begrüßungstext der Sprachsteuerung anhören, weil der gesamte Vorgang ganz von Vorne gestartet wurde.

Mein zweiter Versuch, mit der Karte die Fünfzig Cent zu bezahlen funktionierte glücklicherweise ohne weitere Probleme.

Inzwischen war der Druck in meinem Bauch schon so groß, dass ich leicht verkrampft mit verschränkten Beinen vor dem Display stand.

Nach dem Bezahlen ging leider die WC-Tür nicht direkt auf. Zunächst nämlich fragte die Sprachsteuerungsstimme nach der von mir gewünschten Raumtemperatur sowie der bevorzugten Luftfeuchtigkeit. Als abschließende allerletzte Frage wollte die Stimme wissen, welche Hintergrundmusik ich hören wollte. Bei der Beantwortung dieser letzten Frage war ich auf Grund des unerträglich weiter gestiegenen Drucks in meinem Bauch derart genervt, dass mir ein Fluch über die Lippen kam.

"Ich habe Sie nicht verstanden. Bitte wiederholen Sie die Antwort", ertönte es aus dem Lautsprecher.

Jetzt trommelte ich bei der Antwort mit den Fäusten gegen die geschlossene WC-Tür und dieses zu laute Geräusch war für die Spracherkennung der Anlagen-Steuerung ganz offensichtlich eine zu starke Störquelle.

"Ich habe Sie erneut nicht verstanden. Bitte wechseln Sie zur manuellen Eingabe am Display. Wie das funktioniert, erfahren Sie auf unserer Webseite unter www.wald-wc....."

Ich bekam nun endgültig einen Schreianfall und tapste so schnell es ging in das Gebüsch, das mir am nächsten war. Dort gab es zu meiner großen Freude keine Sprachsteuerung oder Ähnliches.

Während ich nun im Gebüsch hockte, trauerte ich wirklich intensiv dem alten klassisch analogen Toilettenhäuschen nach.

Womöglich war das eigentliche Problem aber in erster Linie das Datum – Freitag der Dreizehnte.

Moderne Partnersuche (Worst Dates)

Dass sich auch in anderen Bereichen unseres Lebens so Einiges geändert hatte, musste mein Freund Olli erkennen, nachdem er sich vor kurzem von seiner langjährigen Verlobten getrennt hatte.

In den zwanzig Jahren des Verlobt-Seins hatten die Beiden offensichtlich nie den richtigen Zeitpunkt zum Heiraten gefunden.

Nach der Trennung erkannte Olli jedenfalls Eines recht schnell. Er fand es schrecklich, ein Single zu sein.

Deshalb fing er an, sich über Partnerportale im Internet an Frauen zu Wenden, die ebenfalls einen neuen Partner suchten.

Vor Ollis`s langjährigem Verlobt-Sein war die Partnersuche banal analog. Die Partner-suchenden fanden einander meistens auf Partys von Freunden, in der Disco, am Arbeitsplatz, in Sportvereinen und Ähnlichem.

Als Alternative gab es aber auch Kontaktanzeigen in der analogen Zeitung . Der Preis der Anzeige richtete sich nach der Länge des Textes und darum waren die allermeisten Kontaktanzeigen relativ kurz.

Diese Texte hatten in der Regel ähnliche Muster wie z.B. : "Rüstiger Frührentner (60) sucht sportliche, schlanke Frau" oder

"Gutgebaute reifere Frau (55) sucht lebenserfahrenen attraktiven Mann."

Manche Anzeigen kamen aber auch gleich zur Sache:"Einsamer sucht Einsame zum Einsamen" oder Dergleichen war dort zu Lesen.

Mein Freund Olli kannte bei der Partnerinnen-Suche also nur diese analogen Formen und wurde nun in die Welt der digitalen Partnerportale geschleudert.

Zunächst wirkte Alles recht vielversprechend gut. Es gab eine ziemlich große Auswahl an Frauen, die auf der Suche nach einem Mann waren und das vergrößerte natürlich Olli`s Chancen, hier die passende Frau zu finden.

Unter den Fotos fand er dann recht schnell seine zehn Favoritinnen, zu Denen er Online Kontakt aufnahm. Es wurde viel hin und her geschrieben und aus diesen Dialogen filterten sich schließlich die Podestplätze 1-3 heraus.

Mit allen drei Frauen fing er nun auch an, zu telefonieren und die Stimmen waren allesamt sehr angenehm. Um Jede der drei Frauen endlich ebenfalls in Natura kennen zu lernen, lud er sie an drei aufeinander folgenden Tagen zu separaten Treffen (Dates) ein.

Als neutrale, romantische Kulisse diente für die Dates das Restaurant "Da Salvatore", ein Nobel-Italiener.

Die erste Frau, die er dort analog traf, war in

seinem Alter und hatte den Namen Irma. Als sie das Restaurant betrat, erkannte sie ihn sofort vom Profilfoto her und stampfte deshalb zielsicher auf ihn zu.

Olli hätte sie von den Fotos her, nicht erkannt, denn sie sah überhaupt nicht so aus wie auf den Bildern. Ganz offensichtlich hatte sie zwanzig Jahre alte Fotos benutzt. Olli war verwirrt.

Im Gespräch gab sie dann auch freimütig zu, dass die Fotos nicht mehr die Neuesten waren, aber das machen doch schließlich fast Alle so, meinte sie.

Irma hatte eine plumpe, burschikose Art an sich und auch äußerlich wirkte sie in keinster Weise so sportlich wie sie es stets behauptet hatte. Sie war zwar ganz nett, aber mehr auch nicht, fand Olli. Zumindest war der Abend trotzdem recht amüsant.

Am darauf folgenden Abend traf Olli dann die zweite Frau. Ihr Name war Maria. Als sie das Restaurant betrat, erkannte er sie von den Fotos her sofort, aber beim Näherkommen war dann doch zu erkennen, dass die Online-Fotos stark mit Filtern bearbeitet worden waren. Olli fand das nicht wirklich schlimm, aber diese Vortäuschung falscher optischer Tatsachen störte ihn trotzdem ein wenig.

Im Gespräch fanden Er und Maria schnell

einige verbindende Gemeinsamkeiten, so auch die Liebe zu guter Literatur. Nachdem Olli davon erzählt hatte, welch großen Eindruck auf ihn das Gesamt-Werk von Edgar Allan Poe gemacht hatte, erklärte Maria, dass auch sie das Werk eines Schriftstellers stark beeindruckte. Dieser Autor trug den Namen Jean-Philippe Tristesse und wie es das Schicksal so wollte, hatte Maria eines seiner Bücher dabei. Sie bestand darauf, Olli etwas daraus nach dem Essen vorzulesen:

"Der Apfel ist grün. Grün oder auch rot. Manchmal auch beides. Mal scharf konturiert, mal geradezu ineinander übergehend. Man stelle sich aber nur einmal vor, dass der Apfel eine andere Farbe hätte, als diejenige die er nun mal genetisch hat............"

Die Coloration dieser Baumfrucht begeisterte den Autoren derart stark, so dass er weitere zwanzig Buchseiten mit dieser pseudo-philosophischen Thematik gefüllt hatte. In ihrer Begeisterung hätte Maria am Liebsten das Gesamte Apfel-Kapitel vorgelesen, aber Olli fand dann glücklicherweise einen diplomatischen Vorwand, um sie davon abzuhalten.

Die Vorstellung, dass Maria ihm des Öfteren nach einem langen Arbeitstag diese Art der Literatur zur Entspannung vorlesen würde, war für Olli einfach nur unerträglich.

Auch dieses Date war also alles Andere als ein Volltreffer gewesen.

Nach den erfolglosen Treffen mit den ersten beiden Frauen erwartete Olli eigentlich keine große positive Überraschung, was das Date mit der dritten Frau seiner Favoritinnen-Liste anbetraf. Doch als Natascha am nächsten Abend das Restaurant betrat, stockte Olli der Atem. Diese zirka zwanzig Jahre jüngere Sexbombe sah in Natura noch viel schärfer aus, als auf den Online-Fotos. Sie begrüßte Olli mit je einem Küßchen auf die linke und rechte Wange. Was er dabei roch, war scheinbar ein Gemisch aus weiblichen Pheromonen und einem verführerischen Parfum. Olli war wie in Trance. Der Pegel seiner männlichen Hormone im Blut war empor geschossen wie eine Rakete.

Das Essen samt der Gesprächsthemen war für ihn zu diesem Zeitpunkt von zweitrangiger Natur.

Zwischendrin ging Natascha aber kurz mal zu den Sanitären Anlagen und in diesen Minuten, hatte Olli etwas Zeit zum Nachdenken. Was sollte diese schöne junge Frau mit solch einem alten Knacker, wie er einer war, anfangen wollen? Sie stammte aus einer Generation mit gänzlich anderen Interessen. Dass sie sich die ganze Zeit über nebenbei mit ihrem Smartphone beschäftigt hatte, wurde Olli erst jetzt bewusst. Langsam erreichte sein Hormonpegel wieder Normalwerte und er beschloss, sich nicht überflüssigerweise zu viele Hoffnungen zu machen.

Kurz nachdem Natascha von den Sanitären Anlagen zurückgekehrt war, änderte sich sein Beschluss dann allerdings schlagartig. Seine Tischnachbarin schaffte das mit nur einer Aussage. Sie hatte lediglich gesagt, dass sie auf reifere Männer stünde und mit jungen Männern nichts anzufangen wüsste.

Augenblicklich schoss Ollis Hormonpegel wieder in nie dagewesene Höhen.

Am Ende des Restaurantbesuchs wehrte er sich dann auch nicht, als Natascha ihn fragte, ob er mit zu ihr nach Hause kommen wolle.

Dort angekommen bemerkte Natascha, dass Olli völlig verschwitzt war und bat ihn, sich doch kurz mal zu Duschen. Sie wollte derweilen im Schlafzimmer auf ihn warten und Etwas im Internet bei Instagram checken.

Olli konnte sein Glück kaum fassen. Er duschte sich schnell aber gründlich und verließ dann, nur mit einem Handtuch um die Hüften gebunden, das Bad.

Als er durch die Schlafzimmertür ging, sah er Natascha, wie sie unbekleidet am Kopfteil ihres Bettes sitzend auf ihr Smartphone blickte. Voller Begierde ging er langsam in ihre Richtung.

Als Olli sich aber der entkleideten, schönen Frau immer mehr näherte, sah er Etwas, dass für ihn genau das Gegenteil von sexuell anregend war. Nämlich eine großflächige Tätowierung auf dem bauchseitigen Unterleib.

Zu sehen war die Darstellung eines Drachen mit einem geöffneten Maul voller spitzer langer Zähne.

Die Person, die diese Tätowierung entworfen und angefertigt hatte, war offensichtlich eine Männer hassende Frau. Sie hatte das geöffnete Maul des Drachens so platziert, dass jeder Mann, der sein Fortpflanzungs-Körperteil in die kompatible Körperöffnung dieser Frau einführen wollte, unterbewusst die Angst verspüren musste, dass der Drache zubeißen würde.

Auch das Intim-Piercing wirkte auf Olli alles Andere als einladend. Die Begierde war augenblicklich verschwunden und auch auf sein Fortpflanzungs-Körperteil wirkte sich dies dementsprechend aus.

Wie sollte er aus dieser Nummer nur herauskommen, ohne von ihr, wegen dieser situationsbedingten Fehlfunktion, irrtümlich allgemein als Schlapp-Schwanz und Versager abgestempelt zu werden?

Glücklicherweise klingelte in diesem Moment Natascha`s Smartphone. Ihre beste Freundin war am anderen Ende der digitalen Leitung. Sie brauchte sofort Natascha`s Unterstützung. Weil das Gespräch über die Freisprechfunktion lief, hörte Olli es unbeabsichtigt mit.

Er sagte Natascha, dass er selbstverständlich dafür Verständnis habe, wenn ihre beste Freundin nun umgehend ihre Hilfe in Anspruch nehmen müsste. Derart viel Verständnis von einem Mann hatte sie nicht erwartet. Sie fand das toll und versprach ihm , sich wieder zu melden, sobald es ihrer besten Freundin besser ginge.

Olli war gerettet. Geschwind wie der Wind zog er sich seine Kleidung an und verließ erleichtert die Wohnung.

Nach den enttäuschenden Erfahrungen mit der Online-Partnersuche, hatte sich Olli schon damit abgefunden, ein Single zu bleiben.

Doch wenige Wochen später lernte er bei der Geburtstagsfeier eines Freundes eine nette, attraktive Frau in seinem Alter kennen. Mit ihr ist er nun schon seit längerer Zeit glücklich zusammen.

Fazit: Es kommt alles so, wie es kommen soll.

Mensch ärgere dich nicht

In den 80er Jahren spielte ich sehr gerne mit Freunden Brettspiele. Die meisten jungen Leute von heute werden es sich kaum vorstellen können, dass man klimafreundlich, ohne stromfressende Elektrogeräte, Spielfiguren per Hand über ein Spielbrett gezogen hat, aber so war es nun mal zu jener Zeit noch üblich.

Besonders gerne spielte ich damals das Spiel Mensch ärgere Dich nicht. Mein Vetter Ronny teilte diese Vorliebe und als wir uns in der Fußgängerzone zufällig getroffen hatten, verabredeten wir uns unter Anderem zu einer Partie des Spiels am selben Abend.

Er wollte um 18 Uhr bei mir sein und verspätete sich. Natürlich wusste er, dass ich es hasste, wenn Jemand unpünktlich war, und dass mich diese Verspätung aufregen würde. Weil Ronny sonst üblicherweise immer pünktlich war, ging ich diesmal davon aus, dass er aus taktischen Gründen später kam, um mich dadurch in meiner Konzentrations-Fähigkeit zu stören. Die letzten zehn Spieleabende war nämlich ich der Sieger gewesen.

Nach einer halben Stunde des ungeduldigen Wartens (Handys zum Nachfragen – Alter wo bist Du? - gab es damals noch nicht), erschien mein Vetter dann doch gutgelaunt.

Ich ließ mir meine Verärgerung wegen der Verspätung nicht anmerken und gemeinsam gingen wir ins Wohnzimmer.

Dort auf dem Tisch stand schon akkurat aufgebaut das Spielbrett und wartete nur darauf benutzt zu werden.

Wir hatten die Regelung getroffen, dass Derjenige der Gesamtsieger sein sollte, der zuerst zwei Partien gewonnen hat.

Für jene Leute, die das Spiel nicht kennen, hier eine sehr kurze Beschreibung. Jeder Spieler hat vier Spielfiguren, die er auf dem Spielbrett ins Ziel bringen muss. Man ist abwechselnd mit dem Ziehen an der Reihe und wie viele Felder man vorwärts ziehen darf, zeigt die zuvor gewürfelte Zahl der beiden Würfel an.

So lässt sich auch hin und wieder eine gegnerische Spielfigur schlagen, die dann wieder ganz von Vorne starten muss. Verständlicherweise ist Derjenige der Sieger, der zuerst alle vier Spielfiguren ins Ziel bringt.

Das Spiel begann.

Die erste Partie lief hervorragend für mich. Des Öfteren schlug ich seine Figuren, die schon recht nahe am Zielpunkt standen. Ronny kochte innerlich vor Wut, das konnte ich förmlich riechen. Dabei heißt das Spiel doch Mensch ärgere Dich nicht. Wie es auch sei, ich gewann die erste Partie in völlig überlegener Manier.

Auch die zweite Partie lief sehr gut für mich. So war ich schließlich kurz davor, diese Partie zu gewinnen und mit ihr den Gesamtsieg zu holen.

Ronny wollte nun kurz mal zum WC. Dabei verhakte sich völlig unabsichtlich, wie er später beteuerte, sein rechter Pulloverärmel an einer Ecke des Spielbretts. Daraus resultierend rutschte das gesamte Brett vom Tisch und wir mussten die Partie neu beginnen.

Ich glaubte ihm seine Unschuldsbeteuerungen nicht. Seine unfaire fiese Aktion hatte mich um den frühzeitigen verdienten Gesamtsieg gebracht. Aber es kam noch schlimmer.

Ronny, der gemeine Saftsack, konnte tatsächlich die neu angefangene zweite Partie für sich entscheiden. So stand es jetzt Eins zu Eins. Die nächste Partie würde also die Entscheidung bringen.

Das Glück war gerechter Weise nun wieder auf meiner Seite. Ich hatte mir schon einen beträchtlichen Vorsprung erspielt, als Ronny plötzlich sagte, er hätte ganz vergessen, seine Mutter wegen einer wichtigen Angelegenheit anzurufen. Als er nun aufstand, hielt ich vorsichtshalber das Spielbrett fest, so dass es nicht wieder vom Tisch fallen konnte.

Ronnys Telefonat dauerte nicht allzu lang. Verdächtig war aber seine ungewöhnlich Gute Laune. Egal, ich konzentrierte mich weiterhin auf die Partie und machte erneut große Fortschritte auf dem Weg zum Gesamtsieg.

Es waren nur wenige Minuten seit Ronnys Telefonat vergangen, da klingelte mein Telefon.

Weil ich den Anruf einer schönen jungen Frau erwartete, sprang ich auf und lief zum Telefon, das sich auf einer Kommode im Wohnungsflur befand. Anders als heutzutage waren nämlich die Festnetztelefone damals noch mit einem relativ kurzen Kabel in der Wand verbunden.

Schon nach wenigen Klingeltönen erreichte ich meinen Fernsprechapparat, nahm den Hörer ab und sagte mit meiner verführerischten Stimmlage „Hallo ?".

Anstatt der lieblichen Stimme, der von mir erwarteten Anruferin, hörte ich aber nur eine monotone Männerstimme, die mir kurz und knapp sagte, dass er der telefonische Weckdienst sei.

Zunächst war ich perplex. Was war das denn? Doch dann wurde mir einiges klar. Ronny, dieses Arschgesicht, hatte bei seinem Telefonat nicht seine Mutter, sondern den telefonischen Weckdienst angerufen und ihn beauftragt, meine Telefonnummer in fünf Minuten zu kontaktieren. Auf diese Weise hatte er mich aus dem Wohnzimmer gelockt, um in meiner Abwesenheit die Figuren auf dem Spielbrett zu seinen Gunsten zu verschieben. Das nahm ich jedenfalls an.

Was soll ich sagen, als ich ins Wohnzimmer zurück kehrte, erblickte ich auf dem Spielbrett genau dieses Szenario.

Jetzt standen Ronnys Figuren vorteilhafter da und ich konnte ihm seinen Betrug nicht nachweisen. In seinem Gesicht sah man auch keinen noch so kleine Spur eines schlechten Gewissens.

Ich brauchte nun unbedingt einen starken Kaffee. Aus reiner Höflichkeit fragte ich Ronny, ob er auch eine Tasse wollte. Er wollte. So ging ich in die Küche.

Ohne die heutigen Pad- oder Kapselautomaten dauerte die Zubereitung mit dem Kaffeefilter damals doch etwas länger.

Zeit zum intensiven Nachdenken. Ronny sollte mit seinem miesen Trickanruf nicht durchkommen. Ich musste einen Weg finden, um der Gerechtigkeit zum Sieg zu verhelfen.

Deshalb gab ich in seinen Kaffee zwei Schlaftabletten, damit er während der Partie kurz einschlummerte, so dass ich dann die Stellung der Spielfiguren vor seinem Telefontrick wieder herstellen konnte.

Als ich mich gerade aus der Küche auf den Weg zum Wohnzimmer machen wollte, bekam ich aber ein schlechtes Gewissen. Deshalb schüttete ich etwas Aufputschmittel in seine Tasse, sozusagen als Gegenmittel zu den Schlaftabletten.

Eines war klar. Ich wollte auf faire Weise den Gesamtsieg holen.

Ronny gab noch Milch und Zucker in seinen ihm vorgesetzten Kaffee und trank ihn gierig aus.

Endlich setzten wir die Partie fort. Dass ich über eine bessere Ausdauer verfügte, zeigte sich schon nach wenigen Minuten. Ronny schwächelte. Er nickte kurz ein und schreckte dann wieder hyperaktiv auf. Tatsächlich versuchte er sogar seine Figuren rückwärts laufen zu lassen. Der viele Zucker und die Milch in seinem Kaffee waren halt einfach ungesund.

Nach einiger Zeit hatte ich mir wieder einen großen Vorsprung erspielt gehabt und stand kurz vor dem Gesamtsieg. Ronny, der partout nicht verlieren wollte, machte nun kurz merkwürdige Bemerkungen und fiel dann ohnmächtig vom Hocker.

Das hielt ich selbstverständlich für einen seiner Tricks. Aber als ich ihn auch mit rabiaten Methoden nicht wieder wach bekam, rief ich dann doch den Rettungswagen.

Im Krankenhaus behaupteten die unfähigen Ärzte nach der Untersuchung, dass Ronny wegen eines übermäßigen Medikamentenkonsums in Ohnmacht gefallen wäre. So ein Blödsinn, Ronny nahm doch aus Prinzip so gut wie keine Medikamente zu sich.

Dummerweise verpasste er wegen seines Klinikaufenthaltes auch das Konzert seiner Lieblingsband, für das er Karten gekauft hatte. Der Arme.

Sei`s drumm, ich war ein guter Gewinner und gab Ronnys Mutter für ihn eine Genesungswunsch-Karte mit in die Klinik.

Auf der Karte standen die tröstenden Worte: "Mensch ärgere dich nicht"

Die 1985er Modenschau

Mit vielen Menschen meint es das Schicksal wirklich nicht gut. Eindringlich bewusst wurde mir dies, als ich wieder einmal jene Herz zerreißenden Worte hörte:

„Was soll ich denn bloß anziehen?"

Diejenige, die diese Frage an jenem Dezemberabend von sich gab, war meine zehn Jahre ältere Cousine Martha. Während sie die Worte schluchzte, gingen wir durch ihr zehn Quadratmeter großes Ankleidezimmer.

Ich machte ihr als Antwort auf ihre Frage einige Kleidungs-Kombinationsvorschläge, doch meine Verwandte zweiten Grades fand sie allesamt furchtbar.

Martha arbeitete übrigens zu jener Zeit, Mitte der 80er Jahre, als Filialleiterin in einem exklusiven Damen und Herren Bekleidungs-geschäft. Durch Beziehungen hatte sie zwei VIP-Karten für eine Designer-Modenschau ergattert und aus irgendwelchen, mir heute unerklärlichen Gründen, sollte ich sie zu diesem Spektakel begleiten. Lediglich deshalb standen wir nun an besagtem Abend in ihrem Ankleidezimmer zwischen den ganzen Blusen, Röcken, Kleidern und so weiter.

Es sollten zwei Stunden später die ersten Modells über den Laufsteg wandeln, doch ich bezweifelte ehrlich, ob wir bis dahin ein passendes Outfit für meine Cousine finden würden. Die Arme hatte wirklich die Qual der zu riesigen Auswahl.

Ganz davon abgesehen, dass ich mir sowieso immer etwas anzog, was farblich einigermaßen zu meiner damaligen Lieblingsjeans passte, ging es mir diesbezüglich auch an jenem Abend besser.

Als Mode bewusste Frau hatte Martha mir, als ihre Begleitperson, nämlich ein paar top-moderne Textilien von ihrem Arbeitsplatz mit-gebracht.

Nun gut. Über die Camembert farbene Bundfaltenhose in Verbindung mit einem Sternen bestickten orangenem Hemd wollte ich als Mode-Laie nicht mosern, obwohl diese Zusammenstellung nicht gerade meinen Geschmack traf. Selbst das pinkfarbene Sakko zog ich ohne Murren drüber. Doch dass ein paar Sandaletten im Winter als modisch galten, wollte mir nicht so recht einleuchten.

„Probier sie doch wenigstens einmal an", war der Kommentar meiner überaus fürsorglichen Gastgeberin.

Diesen Gefallen wollte ich ihr nicht verweigern. Zwar mehr, um sie davon zu überzeugen, dass die Kombination nicht zusammenpasste, aber hauptsächlich auch deswegen, weil sie dann zumindest nicht behaupten konnte, ich hätte es nicht mal ausprobiert.

Jedenfalls war sie schon damals geschickt, wenn es darum ging, ihren Willen durchzusetzen. Gerade als ich ihr nämlich die offenen Schuhe an meinen sockenlosen Füßen vorführen wollte, bat sie mich darum, doch kurz einmal vor die Haustür zu gehen, um ihre Bürste zu retten, welche ihr soeben von der Fensterbank auf den Bürgersteig gefallen sei.

Gutgläubig wie ich war, sprintete ich die zwei Stockwerke herunter, stürmte aus der Haustür und rutschte auf dem gefrorenen Schnee fast gegen eine Straßenlaterne. Hätte ich meine warmen, profilstarken Winterschuhe angehabt, wäre mir das bestimmt nicht passiert.

Nach diesem kleinen Schreckmoment erinnerte ich mich natürlich sofort an meinen eigentlichen Auftrag. Es war saukalt und deswegen suchte ich jetzt schnell aber gründlich nach der heruntergefallenen Bürste.

Schon nach kurzer Zeit des erfolglosen Suchens blickte ich resignierend und vor Kälte schlotternd zum offenen Fenster meiner Auftraggeberin empor.

Genau in diesem Augenblick winkte sie mir doch tatsächlich mit ihrer Bürste zu und rief entschuldigend, es sei ihr ein kleiner Irrtum unterlaufen. Sie hatte das handliche Hair-stylinggerät nun doch zwischen ihren Blumentöpfen wiedergefunden.

Meine Verärgerung hielt sich zunächst noch in Grenzen.

Zugegeben, ich hatte überflüssigerweise den Ausflug in diese Schneelandschaft gemacht, aber der prompte Bürstenfund meiner Cousine ersparte mir zumindest ein längeres Verweilen im eiskalten Schnee. Das nahm ich jedenfalls an.

An der fest verschlossenen Haustür stieg der Pegel meiner Verärgerung dann aber schnell wieder an. Trotz meines mehrmaligen Klingelns, wurde mir nämlich das Tor zur Wärme nicht geöffnet.

Um besser sehen zu können, was sich in der Wohnung meiner Auftraggeberin tat, rutschte ich vorsichtig und vor Wut schnaubend in das Blickfeld ihres Fensters, von wo aus ich dann mehrere Male ihren Namen rief.

Die Reaktion darauf war, dass die Gerufene plötzlich aus der Haustür trat. Freudig überrascht startete ich in Richtung Hauseingang, doch noch ehe ich auf dem glatten Untergrund die offene Hauspforte erreichen konnte, war sie auch schon wieder ins Schloss gefallen.

Ungehalten, wie ich nun verständlicherweise

war, forderte ich von meiner herbei geeilten Verwandten lauthals den Haustürschlüssel, damit ich mir endlich meine warmen Schuhe und den Wintermantel anziehen konnte.

Die von mir Angepöbelte spielte daraufhin wieder einmal das Unschuldslamm. Sie behauptete ernsthaft, dies Alles sehr zu bedauern, erklärte mir aber im selben Atemzug, dass wir für mein Umkleiden nun leider überhaupt keine Zeit mehr hätten. Das Taxi würde nämlich schon abfahrbereit warten.

Als ich mich daraufhin ungläubig umschaute, durchbohrte mich tatsächlich der leere Blick eines finsteren Taxifahrers. Der Freund meiner Cousine.

Perplex wie ich war, ließ ich mich von ihr in dieses, vorteilhafterweise beheizte Fahrzeug, bugsieren.

Nun ja. Etwas Gutes hatte dieser ganze Ärger allerdings trotzdem bewirkt. Meine rot-grün-blau gefrorenen Füße passten jetzt farblich optimal zu meiner restlichen modernen Kleidung. Das behauptete zumindest Martha.

Total überraschend fand ich jedoch die Tatsache, dass meine Cousine nicht ebenfalls ein Paar der modernen Sandaletten trug. Auf meine daraufhin bezogene Frage bekam ich die Antwort, dass Sandaletten nur bei den Männern der letzte modische Schrei wären.

Für die modebewusste Frau sei es hingegen geradezu ein Muss, im Wintermantel und mit warmen Stiefeln auszugehen.

Es fällt mir wirklich schwer es zuzugeben, aber in jenem Augenblick wünschte ich mir das einzige Mal in meinem Leben, eine Frau zu sein.

Es ist wohl nicht all zu schwer meine damalige spontane Abneigung gegen das Modediktat nach zu vollziehen. Aber ich will sachlich bleiben.

Selbst nach der viertelstündigen, beheizten Taxifahrt fror ich noch unerträglich. Ich wehrte mich deswegen mit Händen und Füßen dagegen, als ich aus dem kuschelig warmen Fahrzeug gezerrt wurde. Tja, obwohl ich mich mit allen vier Gliedmaßen am Sitz vor mir festklammerte, schafften es Martha und unser Fahrer dennoch, meinen kälteempfindlichen Körper auf den arktisch temperierten Bürgersteig zu befördern.

Zunächst wollte ich mich daraufhin als Rache in der Wade des Taxifahrers festbeißen, doch als ich die Wärmeausstrahlung spürte, die dem Modenschau-Gebäude entwich, folgte ich dann doch bereitwillig meiner fürsorglichen Verwandten.

Im molligen Gebäudeinneren stellten sich zunächst vor der eigentlichen Modenschau die

Besucher zur Schau, womit ich sagen will, dass sie sehr laut miteinander sprachen und sich dabei möglichst gut selbst darstellten.

Es war, so wirkte es jedenfalls, ein einziges Grinsen und Austauschen von Komplimenten.

Die Gespräche, die eigentlich eher Monologe waren, bestanden jeweils hauptsächlich aus einer Aufzählung von Besitztümern und erlebten Luxusfernreisen.

Die einzigen schweigenden Anwesenden waren die Kellner, welche stumm umhergingen und Gläser anboten, in denen sich eiskalter Schaumwein aus der Champagne befand.

Weil mir immer noch kalt war, hätte ich zwar lieber ein Mixgetränk aus Frostschutzmittel und Rumgrog zu mir genommen, aber der vornehme Ober, dem ich dies erzählte, hielt meine Bestellung für einen Scherz, gab mir ein Glas Champagner und lachte aus Höflichkeit.

Überhaupt verblüffte mich die allgemeine Heiterkeit dieser modebewußten Gesellschaft. Viele hatten noch weißes Make-Up-Puder an den Nasenlöchern. Im Grunde wurde über jeden Satz gelacht, den ein Gesprächspartner von sich gab.

Diese überaus unnatürliche Fröhlichkeit war irgendwie verdächtig. Womöglich, so nahm ich an, gab es in jenen Räumlichkeiten kleine

Aufnahmegeräte der TV-Sendung „Versteckte Kamera", mit mir als Scherz-Opfer.

So stellte ich mir die Frage, welche Streiche die Fernsehfritzen mir an besagtem Abend wohl noch spielen würden.

Während ich den über einer brennenden Kerze erwärmten Schaumwein trank, wartete ich auf Grund meiner Annahme auf weitere Ungereimtheiten.

Meine liebe Cousine stellte mich selbstverständlich auch einigen ihrer berühmten Freunde vor, von denen ich allerdings noch nie zuvor etwas gehört hatte. Das hinderte sie jedoch nicht daran, mich ebenfalls sogleich in eines jener Monologgespräche zu verwickeln.

Vor langer Weile trank ich deshalb noch ein paar weitere Gläser französischen Sekt.

Leider fand ich das Gefasel meiner Monolog-Partner nach dem Alkoholkonsum auch nicht interessanter.

Der für mich ungewohnte Perlweingenuß erzeugte in mir lediglich den Drang, einmal aufstoßen zu müssen. Wer kennt dieses Gefühl nicht? Voller Selbstbeherrschung hielt ich mein Bedürfnis, in der Gegenwart dieser, für meine Cousine wichtigen Personen zurück, aber als ich selbst mal zu Wort kam, wurde der Kohlensäure-Druck einfach zu stark.

Mitten im Satz tätigte ich ein klangvolles

Bäuerchen, für welches die Neugeborenen Kinder üblicherweise mit dem Applaus ihrer Verwandten überschüttet werden.

Meine Cousine zollte mir jedoch keinen derartigen Applaus. Ganz im Gegenteil. Sie entschuldigte sich tausendmal bei den Anderen für mein Benehmen, nahm mich bei Seite und hielt mir einen Standpauke.

Zu guter Letzt sagte sie noch, ich solle ihr ihre Schimpfe nicht Übel nehmen, denn sie meine es ja nur gut mit mir.

Nach dieser selbstlosen Belehrung kehrten wir zurück zu den Anderen und kurz darauf begann dann endlich die eigentliche Modenschau.

Eine besonders tiefe Männerstimme drang zur offiziellen Begrüßung aus den Lautsprecher-Boxen und wollte uns in der Folgezeit die vorgeführten Kleidungsstücke ausführlich beschreiben.

Zusätzlich erklang eine sonderbare Musik und wie auf Kommando kam Bewegung auf dem Laufsteg zustande.

Zuerst wollte ich meinen Augen nicht trauen, denn anstatt der von mir erwarteten, hübsch weiblich geformten Modells erblickte ich auf dem Catwalk nur spindeldürre weibliche humane Wesen.

Meine Enttäuschung war unbeschreiblich. So

kam es dazu, dass ich als Äußerung meines Unmutes spontan einige Buh-Rufe und Pfiffe von mir gab, so wie ich es von meinen Besuchen im Fußball-Stadion gewohnt war.

Als mich daraufhin die kräftige Hand meiner scheinbar wenig erfreuten Cousine ergriff und sie meinen endlich aufgewärmten Körper ohne Umschweife in eine abgelegene Ecke bugsierte, verstummte ich jedoch augenblicklich.

Um mir zu beweisen wie gut sie es doch mit mir meinte, schlug Martha ein paar Mal mit ihrem Mode-Accessoire dem stabilen Regenschirm auf meinen Kopf ein.

Anschließend war ich fast ohnmächtig und wurde in diesem Zustand von ihr per Rauteck-Griff zu unserem Sitzplatz zurückbefördert.

Wenn ich auch einige Minuten eine Art Blackout hatte und mich an nichts, während dieses Zeitraumes genau erinnern kann, so weiß ich eines trotzdem mehr als genau. Tief im Unterbewusstsein bedauerte ich in diesen Augenblicken, meiner fürsorglichen Cousine Vier Wochen zuvor, eine Monatskarte für`s Bodybuilding-Center geschenkt zu haben. Da sagt man immer, kleine Geschenke erhalten die Freundschaft. Ganz offensichtlich drückt halt Jeder seine Freundschaft anders aus.

Diese ganze Aktion war zum Glück

Niemandem aufgefallen, weil sich Alle auf den Laufsteg und die laute Musik konzentriert hatten.

Irgendwann war ich schließlich wieder voll bei Sinnen und die geschmackvoll auf meinem Kopf verteilten, hügelförmigen Prügel-Beulen erregten nicht einmal großes Aufsehen.

Zum Zeitpunkt meiner quasi Wiederauferstehung tänzelten gerade ein paar Mannequins, hautenge Kleider tragend, an unserem Tisch vorbei.

Ganz in unserer Nähe saß ein bis dahin unauffälliges älteres Ehepaar, doch beim Anblick dieser Textilien änderte sich das Verhalten, seitens der Frau, schlagartig.

Dieses stämmige Frauenzimmer warf sich, ohne jegliche Vorwarnung, ihrem Gatten an den Hals und flehte ihn an, eines der dargebotenen Kleidchen für sie zu erstehen.

Das bejahende Kopfnicken des Mannes, bewahrte ihn dann noch rechtzeitig vor dem Erstickungstod durch Erdrücken.

Mir erschien das Eingehen auf den Wunsch dieser Frau recht bizarr, denn ehrlich gesagt, konnte ich mir beim besten Willen nicht vorstellen, wie dieses üppige Geschöpf in einem jener zierlichen, enganliegenden Kleidungsstücke gut aussehen sollte. Ganz einfach, weil solch ein Kleid garantiert alle ihre unvorteilhaften Körperkonturen stark betont in den Fokus setzen würde.

Einige dargebotene Designer-Klamotten wirkten aber auch an größenmäßig adäquaten Trägerinnen leicht befremdlich. Plastiksack ähnliche Roben gehörten beispielsweise in diese Rubrik. Völlig Konzeptlos waren an ihnen lauter Haushaltsgegenstände befestigt worden. Löffel, Bierflaschenöffner, Käsehobel und Knoblauchpressen zierten unter Anderem diese Regen undurchlässigen Modeneuheiten.

Dazu passend befand sich auf den opulenten Riesenhüten der Modells farbenfrohes Kunstgemüse.

Alles wurde von den Anwesenden überschwänglich bejubelt und der Modeschöpfer, der für all diesen Schnick-Schnack verantwortlich war, wurde hier allseits als genialer Künstler verehrt.

Da man offensichtlich Menschen mit solch einer unkonventionellen Art und Weise in Begeisterung versetzten konnte, war mein Interesse für die Kunst allgemein nun geweckt worden.

Das Fest der Feste

Dass in meiner Familie nicht nur ich Interesse an der Kunst hatte, zeigte sich wenig später als ich das Weihnachtsfest mit meiner zehnjährigen antiautoritär erzogenen Nichte Huberta verbrachte.

Meine Eltern waren in besagtem Jahr über die Feiertage zur Kur und weil ich dieses Familienfest nicht alleine verbringen wollte, kam mir die Einladung von Huberta und ihren Eltern wie gerufen.

Auf dem verschneiten Hinweg freute ich mich schon riesig auf meine bestimmt festlich gekleidete Nichte, welche mit leuchtenden Augen ungeduldig auf die Bescherung warten würde. Ein Weihnachten mit Kindern ist halt viel herzergreifender als ein Fest ohne diese kleinen Engelchen. Das hatten zumindest ein paar Leute aus meinem Freundeskreis voller Überzeugung behauptet.

Huberta`s Mutter hatte mir übrigens am Telefon voller Stolz verkündet, dass ihre Kleine ganz alleine den Tannenbaum schmücken und die festliche Hintergrund-musik auswählen wollte. Daraufhin erschien Huberta vor meinem geistigen Auge, wie sie erfurchtsvoll vor dem Tannenbaum stand. Freudig suchte sie in meiner Fantasie jedes

Stück, das den Tannenbaum später schmücken sollte, sorgfältig heraus und wägte dabei immer wieder ab, welches Teil wohl das Beste am jeweiligen Tannenast wäre.

Als mir dann, auf mein Klingeln hin, in der Realität die Wohnungstür geöffnet wurde, wirkte meine Nichte allerdings eher schlecht gelaunt.

Dies führte ich daraufhin zurück, dass sie die unbegründete Angst hegte, mir würde später ihr akribisch ausgesuchter Baumschmuck nicht gefallen. Oder schämte sie sich gar ihrer Kleidung wegen. Die war nämlich nicht ganz so festlich, wie ich es erwartet hatte. Sie trug einen verwaschenen, löchrigen Sportanzug.

Na ja, wer trägt schon zum Baumschmücken seine beste Kleidung?

Während ich dann im Flur dabei war meinen Mantel auszuziehen, sagte Huberta, ich solle ihr doch schon mal die Geschenke rüberwachsen lassen. Meine Überraschung kann man sich wohl vorstellen, denn woher hätte sie wissen sollen, dass ich nicht nur ein Geschenk sondern mehrere mitgebracht hatte? Das grenzte ja an Hellseherei.

Nach meiner kurzen Phase des verblüfft Seins, kam ich zu der einzig plausiblen Erklärung. Sie war ganz selbstverständlich, so wie Sherlock Holmes, an Hand irgendwelcher logischer Schlussfolgerungen zu ihrer damaligen Erkenntnis gelangt.

Ein paar meiner neidischen Freunde behaupteten später bei meiner Schilderung des Ganzen doch tatsächlich, meine Nichte sei einfach nur ausverschämt gewesen. So ein Quatsch.

Huberta`s Eltern hatten ebenfalls die Türglocke gehört und kamen deshalb zur Begrüßung aus der dunstigen Küche.

Bestimmt, so nahm ich an, hatten sie bis zu ihrem Erscheinen unter starkem, selbst auferlegten Zeitdruck, langwierige Vorbereitungen für das Fest-Menü durchgeführt.

So war es also kein Wunder, dass meine erwachsenen Gastgeber ebenfalls noch nicht sehr festlich gekleidet waren.

Nach dem Austausch der herzlichen Weihnachtswünsche gingen wir gemeinsam in die gute Stube, wo ich nun zum ersten Mal den von meiner Nichte geschmückten Tannenbaum sehen durfte. Nun gut. Hätte irgendjemand Außenstehender diesen Baum samt Schmuck gesehen, dann hätte dieser Jemand sicherlich angenommen, dass das alles überdeckende Lametta gänzlich ohne Konzept über die Äste geschmissen worden sei.

Ich als Onkel erkannte aber sofort den künstlerischen Aspekt dieser Verhüllung, obwohl dies alles geschehen ist, lange bevor Christo und seine Frau den Deutschen Reichstag als Kunstwerk verhüllt haben.

Etwas überrascht war ich dann aber doch, als sich keiner der Anwesenden zur Bescherung umziehen wollte.

Sogar die Schürze mit Flecken wurde anbehalten. Nach einer erneuten kurzen Zeit des irritiert Seins kam mir allerdings die Erleuchtung.

Diese versüffte Kleidung gehörte ganz einfach zum Gesamtbild des Kunstprojektes "Verhüllter Tannenbaum".

Der noch stellenweise tiefgekühlte Kartoffel-Salat inklusive der Würstchen wurde vor dem Verteilen der Geschenke vertilgt und ergänzte hervorragend das umfangreiche Konzept des Kunstwerkes.

Ähnlich verhielt es sich mit dem Verhalten meiner Gastgeber. Nur auf Grund meines Hintergrundwissens war es mir möglich, zu verstehen, weswegen anstatt einer feierlichen Weihnachtsmusik eine Kassette mit schriller Musik im Hintergrund lief. Es war Kunst, alles Kunst.

Wie man sich sicherlich vorstellen kann, wartete ich ungeduldig darauf, welche Reaktion meine Nichte zeigen würde, wenn sie meine mitgebrachten Geschenke auspackte.

Huberta besaß einen Spielzeug-Bauernhof mit dazu gehörenden Plastikfiguren. Es gab zum Beispiel Landwirte und diverse Nutztiere, wobei in der Grundausstattung des Bauernhofes natürlich nicht sämtliche Tiergattungen inbegriffen waren.

Deshalb hatte ich Huberta zwei Päckchen Plastikschweinchen für ihren Tierstall gekauft, denn die hatten ihr noch in ihrer Sammlung gefehlt.

Als die Bescherung schließlich begann, ergriff meine kleine Verwandte sofort meine beiden Präsente, so als wenn sie von meiner starken Neugierde intuitiv gewusst hätte.

Nach dem Auspacken des ersten Päckchens zeigte sie keine erkennbare Reaktion, doch nachdem sie den zweiten Karton der Plastik-Schweinchen geöffnet hatte, rief sie scheinbar gelangweilt „Was, schon wieder Schweine?".

Jeder andere Betrachter hätte nun selbstverständlich gemeint, dass Huberta`s Reaktion auf diese Geschenke eine Enttäuschung ausdrückte. Weit gefehlt.

Sicherlich kann man den Ausruf der Empörung nach dem Auspacken des zweiten Päckchens leicht fehlinterpretieren.

Was hatte dieses erstaunliche Kind noch gesagt? Richtig, es sagte:"Was, schon wieder Schweine?".

Die Erklärung für diesen geradezu politischen Ausruf liegt doch auf der Hand. Da meiner Nichte die Problematik der Massentierhaltung auf engem Raum bekannt war, wollte sie mir mit ihrer Äußerung nur verdeutlichen, dass sie unmöglich die Plastik-Schweinchen des zweiten Päckchens zu den Denjenigen aus dem ersten Päckchen in den Tierstall ihres Spielzeug-Bauernhofes hinzu platzieren wollte, weil das dann nämlich einer nicht artgerechten Massentierhaltung gleich gekommen wäre.

Ein schöneres Weihnachtsfest habe ich seither nie wieder erlebt. Zumal meine Gastgeber auch noch ihren Sinn für Humor bewiesen, indem sie auf meine Komplimente hin mit todernster Miene behaupteten, sie hätten überhaupt nicht die Absicht gehabt, ein Kunstwerk zu erschaffen. Herrlich, habe ich an diesem Heilig Abend viel gelacht.

Die Weinbrand-Pralinen Oper

Nach diesem fantastischen Weihnachtserlebnis hatte ich mir vorgenommen, meine bis dahin vernachlässigten Pflichten eines Onkels ernsthafter auszuleben.

So kam es dazu, dass mein dreizehn Jähriger Neffe Frederick der Erste sein sollte, der durch mein Einwirken seinen Geist kulturell erweitern durfte. Meine Absicht bestand darin, mit ihm eine Oper zu besuchen.

Als ich meinen Neffen am verabredeten Januarabend abholte, wirkte er zunächst etwas ungewöhnlich ruhig und schüchtern. Für sein Alter war er aber ohnehin ein richtiger Musterknabe. Er pulte nicht in seiner Nase und fragte mir keine Löcher in den Bauch. Außerdem strahlten mich seine blauen Augen von unterhalb seines blonden Schopfes an und gesundheitsliebend wie er schon damals war, wies er sogar die Schokolade ab, die ich ihm angeboten hatte.

Wie sich erst später herausstellte, wies er die Schokolade aber aus einem ganz anderen Grund zurück. Er hatte im Küchenschrank seiner Eltern einen geöffneten Karton Cognac-Schokopralinen entdeckt gehabt und von diesen eine größere Anzahl verputzt. Zudem hatte er aus Neugierde an dem Joint gezogen, den ein Freund seiner Eltern im Aschenbecher abgelegt hatte, als dieser kurz mal auf's WC musste.

Weil ich von all diesen Abläufen aber zunächst keine Kenntnis hatte, war ich leider überhaupt nicht auf deren Nebenwirkungen vorbereitet.

Die Autofahrt zur Hamburger Staatsoper verlief ohne Staus oder sonstige Probleme. Deshalb konnten wir das Opernhaus pünktlich und gut gelaunt betreten.

Die Oper sollte übrigens einige harmlose Nacktszenen beinhalten, aber von Frederick's Aufgeklärtheit wissend, war ich davon überzeugt, dass der ästhetische Anblick einer schönen, nackten Frau sein sensibles Wesen garantiert nicht negativ beeinflussen würde.

Recht bald nach unserer Ankunft ging dann langsam das Licht im Saal aus und alle Zuschauer verfielen umgehend in den Zustand andächtiger Ruhe. Für sein junges Alter verhielt sich Fredrick weiterhin äußerst vorbildlich, denn auch er blieb muksmäuschen still.

Das Schauspiel auf der Bühne musste wohl bereits ungefähr eine halbe Stunde im Gange gewesen sein als ich zu meinem Neffen blickte. Ich wollte halt wissen, wie es ihm gefiel.

Sein eindeutiger Gesichtsausdruck erklärte

mehr als tausend Worte. Frederick langweilte sich zu Tode. Das fand ich jedoch nicht weiter schlimm, denn mein kindlicher Begleiter, so dachte ich, würde sich erst an diese Art der darstellenden Kunst gewöhnen müssen.

Ehrlich gesagt, hatte ich nach knapp dreißig Minuten eigentlich nichts Anderes erwartet.

Ein paar Augenblicke später kam es auf der Bühne zu der Szene, in welcher der Casanova des Stückes die Bluse der weiblichen Hauptdarstellerin öffnete.

Mein bis dahin eher apathisch wirkender kleiner Neffe richtete sich nun plötzlich ruckartig, wie von einer Tarantel gestochen, in seinem Sitz auf.

Hatte ich ihm womöglich doch zu viel zugemutet gehabt?

Mein kurzfristiges Schlechtes Gewissen verwandelte sich dann jedoch recht schnell in ein anderes Gefühl, denn Frederick rief wie aus heiterem Himmel: "Mensch hat die Geile Titten !".

Alle anderen Zuschauer schauten sich empört um und machten:"Psst". Dass die Mehrzahl der empört schauenden Männer genau das Selbe dachten wie mein scheinbar frühreifer Neffe, spielte dabei nur eine untergeordnete Rolle.

Obwohl auch ich die Meinung meiner minderjährigen Begleitperson teilte, musste ich dem Ruhestörenden eine Rüge erteilen. Ich wunderte mich wirklich über sein recht unzivilisiertes Verhalten.

Einige Zeit lang tat sich auf der Bühne nichts Besonderes. Die Darstellerin mit der offenen Bluse und der Öffner dieses Bekleidungsstückes sangen sich minutenlang irgendetwas Unverständliches zu. Zu guter Letzt ließ jedoch der Casanova von der halbnackten Schönheit ab und sang ein Leidlied.

Noch ehe ich mir meine eigenen Gedanken über die Problematik dieser Szene machen konnte, hörte ich erneut die helle Stimme meines Neffen brüllen:" So ein Weichei, kriegst wohl keinen mehr hoch, was? Nimm doch die dumme Schnepfe endlich durch!".

Diesmal teilte ich die Meinung meines jungen Begleiters nicht ganz, doch das war nicht der eigentliche Grund, weswegen mir seine lauten Meinungsäußerungen peinlich waren. Ich spürte nur einfach, dass alle strafenden Blicke auf mich und nicht auf Frederick gerichtet waren.

Verständlicherweise wurde ich krebsrot im Gesicht und ermahnte Letztgenannten in forcierter Form doch leise zu sein. Hätte nicht jeder andere Onkel ebenso gehandelt? Ist ja nun auch egal.

Zu meiner Erleichterung erwiderte der Empfänger der Strafpredigt, er müsse sowieso mal pissen gehen. Das tat er dann auch.

Solange Frederick auf dem WC verweilte, konnte er zumindest nicht die Vorführung stören und mich somit auch nicht groß in Verlegenheit bringen.

Ich war ziemlich ratlos. Weswegen verhielt sich mein sonst so braver Neffe jetzt dermaßen unausstehlich?

Als Frederick zu Beginn des zweiten Aktes von den Sanitären Anlagen zurückkehrte, schien er sich wieder ganz und gar normalisiert zu haben.

Wegen der beginnenden Aktivitäten auf der Bühne war es mir leider nicht möglich, ihn umgehend, bezüglich seines zuvor störenden Verhaltens, zur Rede zu stellen.

Weil ich unterbewusst erneute, unangebrachte Ausrufe meines unmittelbaren Sitznachbarn befürchtete, war meine Stimmung nicht eben unbeschwert. Doch allen Befürchtungen zum trotz blieb es fortan neben mir völlig still.

Etwas später, war ich dann innerlich wieder im Gleichgewicht und lächelte meinem Neffen zu.

Dieser war gerade dabei, seinen Kaugummi in die rechte Hand zu spucken. Er wollte es tatsächlich unter seinem Sitz entsorgen.

Als ich reaktionsschnell seine Hand festhielt,

um ihn an dieser Verschmutzung zu hindern, rülpste er kurz.

Sein Atem hätte eigentlich nach dem künstlichen Orangenaroma der vor kurzem getrunkenen Limonade riechen müssen. Statt dessen war seinem Rachen aber eine Duftwolke entwichen, die nach billigem Fusel roch.

Ich war regelrecht einem Nervenzusammenbruch nahe. Käseweiß saß ich in meinem Sitz versunken und verstand die Welt nicht mehr.

„Hast Du etwa Alkohol getrunken?", flüsterte ich Frederick ins Ohr.

„Nein, gegessen", war seine Antwort.

Wollte er mich verarschen? Er verstand offensichtlich meinen zweifelnd fragenden Blick und fügte hinzu: "Weinbrandpralinen aus dem Küchenschrank".

Jetzt wurde mir einiges klar. Kurzfristig beruhigte mich diese neue Erkenntnis. Mein Neffe saß inzwischen halb schlafend auf seinem Sitz direkt am Gang.

Als dann aber wenig später die biedere Platzanweiserin direkt neben Fredericks Platz kurz stehen blieb, musste ich total fassungslos mitansehen, wie mein Neffe ihr ans Gesäß fasste und sie, als sie sich wehrte, lallend als "Alte Schlampe" beschimpfte.

Zur Bestrafung gedacht, aber als eine Erlösung

für mich, näherten sich daraufhin kurze Zeit später ein paar breitschultrige Gestalten, um uns aus dem Opernhaus zu begleiten.

Nachdem wir endlich auf die Regen nasse Straße befördert worden waren, atmete ich erleichtert auf. Zu früh, wie sich herausstellte.

Wir hatten zwar, dieses verwunschene Opernhaus verlassen, aber zu allem Überfluß kam nun ein Reporter mit Mikrofon auf uns zu und fragte, wie uns denn die Vorstellung gefallen hätte.

Offenbar hatte er unseren Rausschmiss gar nicht bemerkt gehabt.

Mein Neffe war mal wieder schneller als ich und antwortete mit alkoholisierter Stimme: „Außer `ner offenen Bluse ist da drin nichts gelaufen".

Der Reporter wandte sich zwar auch noch kurz an mich, aber da ich momentan nur sprachlos dastand, machte er einfach ein Foto, um sich gleich darauf belustigt zu verabschieden.

Die Vorstellung, dass am nächsten Morgen unser gemeinsames Bild samt Frederick`s fachmännischen Kommentars auf der Titelseite einer berühmten Tageszeitung abgebildet sein würde, verfolgte mich noch in zahlreichen Träumen jener anschließenden Nacht.

Ein Urlaub voller Missverständnisse

Im Jahr nach der Deutschen Wiedervereinigung fuhr ich mal wieder zum Zelturlaub nach Frankreich. Wie gehabt fuhr ich einfach drauf los und hatte vor, mir spontan vor Ort einen Campingplatz zu suchen.

Diesmal ging die Reise in die Provence. An der Deutsch-Französischen Grenze zeigte ich kurz meinen Ausweis vor und wurde, wie eigentlich immer von den Zollbeamten einfach durchgewunken. Wahrscheinlich sah man es mir an, dass ich ehrlich war und tatsächlich nichts zu verzollen hatte.

Für die heutigen jungen Leute, die diese Grenzkontrollen im Schengenraum nicht kennen, hier eine kurze Beschreibung wie dies in der Regel ablief. Wenn man mit dem Auto an die Grenze kam, musste man seinen Ausweis vorzeigen und wenn man nicht gleich durchgewunken wurde, wurde man gefragt, ob man etwas zu verzollen hätte. Zu Verzollen waren einige Produkte, wenn sie eine gewisse Menge pro Person überschritten. Wenn man wahrheitsgemäß Nein sagte und dabei glaubwürdig rüberkam, durfte man weiterfahren. Kam man den Zollbeamten allerdings nicht glaubwürdig oder anderweitig verdächtigt vor, dann wurde die Identität und auch das Auto genauer überprüft. Vom Zeitaufwand her ähnlich wie eine erweiterte Überprüfung bei der Sicherheitskontrolle am Flughafen.

Wenn man bedenkt, dass man bei einer Flugreise zirka zwei Stunden vor dem Abflug am Airport sein sollte, war selbst die Wartezeit bei der Autobahn-Grenzkontrolle nicht länger, wenn sich dort ein moderater Stau gebildet hatte. Zu aller meist hatte man jedoch den Grenzübertritt per Auto relativ schnell hinter sich gebracht. Soweit also die kurze Beschreibung der Grenzkontrollen innerhalb der damaligen Europäischen Gemeinschaft.

Nachdem mich die Zollbeamten auf meinem Weg in die Provence durchgewunken hatten, fuhr ich gutgelaunt weiter Richtung Süden.

Es war der Wunsch gewesen, dem üblichen Großstadtleben zu entfliehen, weswegen ich mich dazu entschlossen hatte, in Südfrankreich naturnahe Campingferien zu machen.

Bereits seit meiner Kindheit gehörte ich zu den Menschen, denen es Freude bereitet, wenn man im Vorzelt sitzend bei Kerzenlicht einen heißen Instant-kaffee schlürft und dabei dem, auf das Zeltdach prasselnden Regen lauscht. Ach, das ist so richtig gemütlich.

Beim morgendlichen Öffnen des Zeltverschlages sieht man grüne Bäume, hört das Zwitschern der Singvögel und sucht sich einen malerischen Platz für das Frühstück im Freien. Herrlich.

Am Tag der Anreise fühlte ich mich geradezu wie neu geboren. Sogar die lange Autofahrt fand ich nicht besonders anstrengend, denn tagsüber fast durchgehend zu sitzen, war ich ja von meiner damaligen Bürotätigkeit gewohnt.

Weniger gewohnt war ich es, französisch zu sprechen.

Mein Schulfranzösisch erwies sich als etwas lückenhaft, was die Vokabelvielfalt anbetraf.

Ein bei all meinen Frankreich-Urlauben fast täglich gebrauchter Satz war "un". Das heißt auf deutsch Eins.

Zugegeben, rein verbal betrachtet, ist dies kein vollständiger Satz. Allerdings machte ich mir zusätzlich die Zeichensprache zu Nutze, denn wenn ich zum Beispiel in einem Geschäft "un" sagte, richtete ich gleichzeitig meinen Zeigefinger auf ein Croissant, ein Baguette oder Ähnliches. So bekam ich immer das, was ich wollte.

Wegen meiner beschränkten französischen Sprachkenntnisse erschien es mir recht sinnvoll, die Empfehlung eines Campingplatzverzeichnises zu befolgen. Dort fand sich nämlich unter Anderem auch die Adresse eines deutschsprachigen Campingplatzes in der Provence.

Spät am Abend erreichte ich damals bei völliger Dunkelheit jenen Zielort, welcher mitten in einem üppigen Mischwald lag. Der einzige Weg, der dort hinführte, war eine schier unendlich lange, recht naturbelassene, holprige Straße ohne Straßenbeleuchtung.

Wie froh ich war als ich endlich das hell erleuchtete Rezeptions-Blockhaus des Zelt- platzes am Ende der Straße erblickte, muss ich sicherlich nicht ausgiebig erläutern.

Das im Eingangsbereich aufgestellte Schild "Hier spricht man deutsch", erzeugte dann in mir sogar eine Art Gefühl der Geborgenheit.

Im Rezeptionsgebäude wurde ich dann allerdings schnell wieder auf den Boden der Tatsachen zurück befördert.

Die einzigen deutschen Worte, die der Campingplatzwart beherrschte, waren "Guten Tag" und "Ja". Glücklicherweise lag aber auf seinem Tresen ein dickes Wörterbuch Deutsch- Französisch.

Von meiner starken Müdigkeit bereits ein kleines bisschen benommen, fiel es mir selbstverständlich schwer, zuerst einzelne französische Worte herauszusuchen, diese dann zusammen zu setzen, um sie daraufhin richtig betont in einem Satz von mir zu geben.

Ins Deutsche übersetzt, war der Satzbau meiner ersten Frage ungefähr folgendermaßen "Du haben freien Platz für mein Zelt?" Dummerweise hatte ich das französische Wort für Zelt, nämlich "Tente" , falsch betont.

Deswegen hörte mein Zuhörer das Wort "Tante" heraus und dachte ich hätte folgendes gesagt:"Du haben freien Platz für meine Tante?"

Der überaus erstaunte Blick meines Gegenübers verschwand erst wieder, als ich ihm die Worte auf einem Stück Papier geschrieben darbot.

Von nun ab verstanden wir uns hervorragend. Ohne weitere Worte geleitete der Platzwart mich samt meines Wagens zu einem Platz, direkt vor den Sanitären Anlagen.

Auf Grund der tiefen Dunkelheit sah ich leider nicht viel von meiner Umgebung, aber das kleine Einmannzelt konnte ich auch im Taschenlampenlicht aufbauen. Schon bald war ich, nach der Vollendung des Zeltaufbaues, fest eingeschlafen und träumte von hübschen, netten Französinnen, die natürlich perfekt Deutsch sprachen.

Am nächsten Morgen erwachte ich sehr früh. Der schrille Gesang einer duschenden Mitcamperin hatte mich aufgeweckt.

Also ehrlich, mit dem von mir erwarteten morgendlichen Vogelgezwitscher hatte die dort zu hörende Stimmbänder-Funktionsstörung dieser duschenden Planschkuh überhaupt nichts gemeinsam.

Ein paar andere Besucher der mir benachbarten Sanitären Anlagen betätigten währenddessen nacheinander und auch simultan die Klospülung, so dass man diese rauschende Geräuschkulisse qualitativ ohne weiteres als Begleitmusik zum besagten Gesang hätte bewerten können.

Was hatte ich mir Daheim noch vom Zelturlaub erträumt gehabt. Ach, ja. Beim morgendlichen Öffnen des Zeltverschlages wollte ich Bäume sehen. Dieser Wunsch wurde mir wirklich erfüllt. Verschlafen aus meinem Zelt blickend, erspähte ich spontan einen Bonsaibaum und eine verstaubte Mini-Kunsttanne in den Fenstern der mich umgebenden riesigen Wohnmobile.

Sogar einen Platz für das Frühstück im Freien entdeckte ich. Direkt an der Durchgangsstraße des Campingterrains war noch ein Quadratmeter meiner Parzelle frei. Dort platzierte ich geschwind meinen Klapptisch. Den farblich dazu passenden Klappstuhl holte ich allerdings erst gar nicht. Es war einfach nicht appetitlich, in den Dunstschwaden der

Toilettenabluft zu sitzen.

Meine Laune verbesserte sich erst wieder, als ich einige Leute mit frischen Baguettes zu ihren Wohnmobilen zurückkehren sah.

Es musste also einen Laden auf dem Campingplatzgelände geben.

Schnurstracks machte ich mich auf die Socken. Auf der Suche nach dem Lebensmittelgeschäft sah ich fast alle Parzellen des Campingplatzes. Hierbei fiel mir Eines auf. Sämtliche Camper stammten aus Deutschland. Das konnte man unschwer an den Autokennzeichen erkennen. Nun wurde mir einiges klar.

Das Schild mit der Aufschrift "Hier wird Deutsch gesprochen", bezog sich auf die Gäste und nicht auf das Campingplatzpersonal. Und weswegen der Begriff Zeltplatz fast überall durch den begriff Campingplatz ersetzt worden war, konnte ich nun ebenfalls erahnen. Ich entdeckte auf dem ganzen Gelände nämlich nur ein Zelt. Es war mein Eigenes.

Alle anderen Besucher waren mit luxuriösen Wohnmobilen oder Campingwagen angereist.

All zu lange musste ich nicht suchen, um den Mini-Supermarkt zu finden. Es gab dort fast alles, was das Herz begehrte, so dass mein Einkaufswagen ruckzuck voll war und mein Portemonnaie war leer.

Meinen leeren Magen füllte ich wenig später, im offenen kleinen Zelt auf meiner Luftmatratze sitzend. Hierbei machte ich eine ziemlich neue Erfahrung.

Schon nach wenigen Bissen meines Frühstücks konnte ich andeutungsweise erahnen, wie sich ein speisender Obdachloser fühlen musste.

Jeder Passant, der an meinem Zelt vorbeikam, blickte mich bemitleidend an. Die Wohnmobilkids von nebenan zeigten mit ihren Fingern auf mich und fragten ihre Eltern irgendetwas.

Vor meinen geistigen Ohren hörte ich die Kinder flüstern "Mammi, warum hat Der da kein vollklimatisiertes, spezialgefedertes Designer-Wohnmobil?", "Papi, darf ich dem Penner ein paar Geldstücke in sein Zelt werfen?", "Mammi, wo hat denn der Mann seine Sateliten-Fernsehschüssel aufgestellt. Oder darf Der gar kein Fernseh gucken?".

All dies meinte ich den verwöhnten Blagen von ihren Lippen abzulesen.

Trotzdem blieb ich gelassen. Wenn mich diese Menschen erst einmal besser kennen lernen würden, würde sich ihre offensichtlich negative Meinung, meine Person betreffend, sicherlich um hundertachtzig Grad ins Positive wenden.

Für eine Imageverbesserung musste ich mich erst einmal äußerlich der Mehrheit anpassen. Deshalb entfernte ich mittels einer erfrischenden Nassrasur meinen verwegenen Dreitagebart. Daraufhin brachte ich meine zottelige Haarpracht, nach der Kopfwäsche, mit einer Bürste in genormte Formen und bekämpfte meinen Mundgeruch durch den Gebrauch von Zahnbürste, Mundwasser und Kaugummi. Sauber und ordentlich verließ ich danach die Sanitären Anlagen.

Derart gestylt, musste ich doch eigentlich die Gunst meiner Mitcamper im Handumdrehen gewinnen können.

Ein kurzes Gespräch machte jedoch alle meine Bemühungen zunichte. Kontaktfreudig wie immer, sprach ich ganz unverfänglich meinen Parzellen-Nachbarn an. Ich lobte die Sauberkeit der Waschräume, denn mir fiel gerade kein besseres Thema ein. Der von mir Angesprochene schien meine Meinung nicht ganz zu teilen. Seine Erwiderung klang ungefähr folgendermaßen:"Ja, ja. Bis auf die Klos, auf die kann man sich ja nicht mal draufsetzen".

Die Einfallslosigkeit dieses Menschen überraschte mich doch erheblich. Zugegeben, auf dem Klobecken, welches ich erst wenige Minuten zuvor benutzt gehabt hatte, befand sich keine Klobrille. Es handelte sich hierbei um einen leicht erhöhten weißen Kunststoff-Toiletten-Sitz mit jeweils einer Art beweglicher Armlehne links und rechts. Ich hatte mit einem Desinfektionstuch den Rand abgewischt und derart gereinigt, war dieses WC ohne weiteres eines, auf das ich mich setzen mochte. Um meinen Nachbarn von meiner Gewitztheit zu überzeugen, erläuterte ich ihm meine diesbezügliche hygienische Vorgehensweise. Verhängnisvoll war nur, dass ich dies sehr kurz tat.

Ich antwortete nur "Wieso, sie müssen doch einfach nur den Rand mit einem Desinfektionstuch abwischen und können sich dann draufsetzen. So habe ich das jedenfalls gemacht".

Angewidert ist wohl der richtige Ausdruck, um die Mimik meines Gesprächspartners, während und nach meiner Erläuterung, zu beschreiben.

Geradezu verstört kehrte mein Nachbar zu seiner Familie zurück.

Seine ungewöhnliche Reaktion auf meinen gutgemeinten Tipp verstand ich erst, als ich das nächste Mal aufs Stille Örtchen ging.

Wie sich herausstellte, hatte ich beim ersten Besuch versehentlich das WC für Rollstuhl-fahrer benutzt gehabt. Dabei hatte ich ja ein nahezu normales Klobecken vorgefunden.

Alle anderen Kabinen dieser Bedürfnisanstalt hingegen sahen gänzlich anders aus.

Rein aus hygienischen Gründen, wie ich später erfuhr, hatte man jene WC-Variante konzipiert. Wie kann ich deren Bauart am besten verdeutlichen. Also, im Prinzip bestand jede Kabine aus einer Art Duschwanne. Dortdrin, ungefähr in der Mitte, gab es zwei etwas erhöhte Sockel, die als Standort für die Füße gedacht waren. Weiter hinten in dieser Klowanne tat sich ein etwa Golfball großes Abflussloch auf, in welches man hockend rein treffen sollte.

Wenn man nach Beendigung seiner Notdurft die Spülung durch den Zug an einer Kordel betätigte, überflutete das Wasser die ganze Wanne. Die Füße auf den erhöhten Sockeln blieben hierbei, wenn alles gut ging, vorteilhafterweise trocken.

Nun konnte ich erahnen weswegen mein Campingnachbar, als Reaktion auf meine Schilderung, derart angeekelt dreingeschaut hatte. Er kannte lediglich diese WC-Form auf unserem Campingplatz und war nun, auf Grund meiner Aussage fest davon überzeugt, dass ich hier immer den Rand des Abflussloches mit Hygienetüchern abwischte, um mich daraufhin auf besagte Öffnung zu setzen.

In Windeseile verbreitete sich unter allen Campingplatzgästen das Gerücht, über meine angebliche Art der Toilettenbenutzung. Es war einfach entsetzlich.

Mein Ansehen unter den Campern hatte aber noch nicht seinen Tiefpunkt erreicht. Das war erst am folgenden Tag der Fall. Der Auslöser dafür war banal.

Zum Campingplatz gehörte auch ein Swimmingpool. Drumherum waren Liege- stühle angeordnet und wie bei einigen unserer Landsleute so üblich, waren diese Liegestühle stets durch das Drauflegen eines Badehandtuches reserviert worden. Am besagten Tag waren nun über Nacht alle diese Badehandtücher verschwunden und als schwarzes Schaf des Campingplatzes fiel nun selbstverständlich der Verdacht auf mich.

Obwohl ich nichts mit dem Verschwinden dieser Tücher zu tun hatte, trafen mich die anklagenden Blicke meiner Mitcamper bei jedem Aufeinandertreffen.

Da ich diesen Psychoterror nicht mehr ertragen wollte, war es für mich unausweichlich, direkt am folgenden Tag die Heimfahrt anzutreten.

Um nicht wieder mit anderen Menschen aneinander zu geraten, wollte ich den Rest meines Urlaubs Zuhause auf meinem Balkon genießen.

Die Autobahn war frei und so kam ich zügig voran.

Mein Portemonnaie war zwar leer, was Französische Francs anbetraf, aber einige Geldscheine davon hatte ich noch als Reserve anderweitig verstaut gehabt.

Dieses Restgeld wollte ich vor der Rückkehr nach Deutschland noch ausgeben. Mit dem höherem Wert der harten Deutschen Mark, waren die Lebenshaltungskosten als deutscher Urlauber in den meisten Ferien-Ländern der damaligen Europäischen Gemeinschaft sehr viel preiswerter, als Daheim. Man bekam also beim Urlaub im Ausland viel mehr für sein Geld. Jedenfalls wenn man dort Einkaufte und Essen ging, wo dies auch die Einheimischen Leute taten. Die vergleichsweise geringen Gebühren für den Umtausch der D-Mark in die Währung des Urlaubslandes waren da eigentlich nicht gerade der Rede Wert.

Die große Enttäuschung über meinen verkorksten Campingurlaub wollte ich nun mit einem wundervollen typisch französischen Essen abmildern.

Am Grenzort, auf der Französischen Seite, fuhr ich deshalb von der Autobahn ab und kehrte in das Restaurant ein, das mir am geeignetsten erschien.

Weil das Wetter an diesem Tag überraschend

ungemütlich kühl war, war meine Vorfreude darauf, mich mit einer Warmen Mahlzeit aufzuwärmen verständlicherweise, sehr groß.

Was da auf der Speisekarte angeboten wurde, verstand ich aufgrund der französischen Namen beziehungsweise Beschreibungen leider überhaupt nicht.

Lediglich die angebotene Terrine de Carnard meinte ich als eine Suppe, die in einer Suppen-Terrine serviert wird, erkannt zu haben. Der Kellnerin, welche die Bestellung aufnahm, machte ich meinen Wunsch verständlich, indem ich auf der Speisekarte mit dem Zeigefinger auf die Terrine de Carnard deutete und "Un" sagte.

Was mir dann wenig später serviert wurde, war jedoch in keinster Weise das was ich erwartet hatte. Anstatt der heißen Suppe bekam ich eine kalte Enten-Pastete. Was für ein Reinfall.

Nun gut, weil ich mich ja in Grenznähe befand, wollte ich dann halt zeitnah, direkt nach dem Grenzübertritt in einem deutschen Imbiss eine Warme Mahlzeit verputzen.

An der Grenze erwartete mich dann allerdings eine zeitintensive weitere Überraschung.

Ohne es zu wissen, geriet ich nämlich auf der deutschen Seite an einen Zollbeamten, der zuvor jahrelang als Grenzschützer der DDR seine Berufserfahrungen gesammelt hatte.

Nach einer Umschulung war er nun also als Zollbeamter an der Deutsch-Französischen Grenze im Einsatz. Als ich bei ihm am Grenzgebäude hielt, muss er irgendetwas an meiner Mimik oder Gestik missverstanden haben, denn er fand mich offenbar verdächtig und forderte mich auf, an die Seite zu fahren.

Er behauptete, lediglich eine Routine-Untersuchung durchführen zu wollen. Was sollte ich schon dagegen haben, wenn dieser fleißige Beamte seine Pflicht ausübte. Er bat mich, ihm ins Zollgebäude zu folgen. Dort wurden zunächst meine Personalien ordnungsgemäß überprüft.

Danach sollte ich mich in einer Kabine entkleiden, damit ein Arzt mich auf Drogen hin untersuchen konnte. Unwillkürlich nahm ich wieder einmal an, das Opfer einer spaßigen Fernsehsendung zu sein.

Der Zolldoktor drehte aber kein solches Filmchen mit der Versteckten Kamera. Anstatt dessen machte er ein Bild meiner fotogenen Eingeweide. Präzise gesagt ein Röntgenbild meines Magens.

Da sich keine mit Rauschgift gefüllten Beutel in meinem Magen-Darm-Trakt befanden, hatte ich ein reines Gewissen und wollte mich nach meinem unfreiwilligen Fototermin sofort wieder bekleiden.

Meine Kleidung war aber nicht mehr da, wo ich sie abgelegt hatte.

Die gerade um mich herum putzende Reinigungskraft informierte mich nun glücklicherweise darüber, dass ich meine Klamotten erst wiederbekäme, sobald die Textilien einer eingehenden Untersuchung unterzogen worden waren. Der Zoll hatte nämlich damals eine neue Theorie darüber, wie raffiniert Dealer Synthetische Drogen für den Schmuggel bearbeiteten.

Nach dieser revolutionären Theorie wurden Synthetische Drogen zu synthetischen Fasern verarbeitet und daraus wurden dann Pullover, Hosen und so weiter hergestellt.

Langsam ungeduldig, musste ich so zwangsläufig wieder in meiner Kabine sitzend weiter warten. Die Wartezeit wurde mir durch zwei unterhaltsame Blutabnahmen versüßt.

Als ich dann endlich meine Kleidung zurückbekam, erkannte ich diese kaum wieder.

Es waren aus jedem meiner Kleidungsstücke mehrere Textilproben entnommen worden. Mein löchriges Outfit sah wie von Motten zerfressen aus.

Als ich nach Beendigung meines Bekleidens die Untersuchungskabine verlassen wollte, wurde ich erneut daran gehindert.

Diesmal klärte man mich darüber auf, dass ich

die Kabine erst verlassen dürfte, sobald alle Laborergebnisse vorlagen.

Der diensthabende junge Labormitarbeiter fiel noch unter das Jugendschutzgesetz, welches ihn dazu verpflichtete, die gerade beginnende Pausenzeit einzuhalten. Deshalb zog sich halt alles zusätzlich ein wenig in die Länge.

Wie lange gesamt diese Zollprozedur gedauert hat, kann ich gar nicht mal mehr sagen. Abschließend war ich jedenfalls nur froh darüber, dass ich nicht schon bei anderen Grenzübertritten an solch einen Ex-DDR-Grenzschützer geraten war.

Von mehr als Hundert Grenzkontrollen innerhalb der Europäischen Gemeinschaft war dieses das einzige negative Erlebnis für mich. Aber ob man wegen solch eines bedauernswerten Einzelfalles gleich ein paar Jahre Später alle Grenzkontrollen im Schengenraum hat abschaffen müssen?

Darüber gibt es in unserer Gesellschaft ja bekanntlich sehr unterschiedliche Meinungen.

Zum Abschluss meiner Schilderungen Jener Frankreichreise hier noch eine Gedicht, das ich nach Erlangen besserer Französisch Kenntnisse geschrieben habe.

le maquillage

je vois le maquillage dans ton visage
oui, c`est domage,
parce que je ne l`aime pas beaucoup
lorsque nous avons un rendez-vous

je me souviens notre premier rendez-vous
sans maquillage dans ton visage
quand je te voyais je devenais fou
car tu etais naturelle et un peu sauvage

j`aimais ton cheveu mouille´ et
                            pas peigne´
ta peau avec les taches
                 de rousseur
mais maintenant il faut que j`aie
                           les yeux ferme´s
parce que tu as l`air d`une
                 boite de couleurs

Deutsche Fassung
(nicht Wort-Wörtlich übersetzt)

Die Schminke

Ich sehe die Schminke auf deinem Gesicht
und du verdeckst damit keine Narben
Diese Maske gefällt mir ganz und gar nicht
immer wenn wir ein Treffen haben

Unser erstes Treffen hatte mich gänzlich
verzückt,
denn du trugst keine Schminke, kein trügendes
Bild
als ich dich damals sah, machtest du mich fast
verrückt
denn du warst natürlich, geradezu unbändig
wild

Ich liebte dein nasses, ungekämmtes Haar,
deine mit Sommersprossen besprenkelte Haut
doch nun sitze ich mit geschlossenen Augen da
was ich sonst nur denke, sage ich jetzt laut:

Das, was mir immer öfter deinen Anblick
vermiest
ist, dass du wie ein Tuschkasten
aussiehst

Alternative Fußpilzbehandlung

Nach dem ganzen Reisestress waren die ersten Tage zuhause auf dem Balkon eine wunderbare, erholsame Zeit. Ein paar Spaziergänge durch den nahegelegenen Park rundeten diesen Wellness-Charakter meiner arbeitsfreien Tage ab.

In der Ruhe liegt aber auch die Tücke, dass unangenehme Signale des eigenen Körpers verstärkt wahrgenommen werden. So spürte ich an jenen Tagen wieder vermehrt meinen Fußpilz, den ich schon fast vergessen hatte, mit voller Wucht.

Wann wenn nicht jetzt,während meiner freien Tage, sollte ich dieses Problem intensiv angehen. Ich wollte den Fußpilz endlich loswerden und erkundigte mich ausführlich über den diesbezüglichen aktuellsten Stand der Medizin.

In den Jahren zuvor hatte ich neben etlichen Schulmedizinern auch diverse Heilpraktiker konsultiert gehabt. Trotz der zum Teil sehr ausgefallenen Diagnoseverfahren konnten mir leider nicht einmal diese helfen.

Es hatten sich auf diese Weise, im Laufe der Zeit, lediglich überaus viele verschiedene Befunde in meiner Sammlung angehäuft, denn sonderbarerweise hatte jeder Mediziner etwas

Anderes als Krankheitsursache herausgefunden.

Selbst das Foto meiner Fuß-Aura schien nicht die ausschlaggebende Ursache für meine Fußpilzerkrankung, den Augen meines Heilpraktikers sichtbar gemacht zu haben.

Schließlich führte ja keine der zu den Diagnosen passenden Therapien zur Beseitigung meiner Beschwerden.

Während meines Balkon-Urlaubs schöpfte ich aber, auf Grund eines im Briefkasten vorgefundenen Werbeprospektes, neue Hoffnung.

Auf diesem Werbeflyer wurde die alte Heilkunst, der Apachen angepriesen und kostengünstigerweise musste man nicht einmal nach Amerika reisen, um sich von einem weisen Medizinmann untersuchen und behandeln lassen zu können.

Die sogenannte Praxis des Werbenden lag verkehrsgünstig mitten in der Hamburger Innenstadt.

Als am selben Nachmittag der Juckreiz am Fuß fast unerträglich wurde, begab ich mich umgehend zu dem, im Prospekt genannten, herunter gekommenen zehnstöckigen Hochhaus.

Dort informierte mich eine Art Praxisschild darüber, dass sich die Räumlichkeiten des

Schamanen im neunten Stock befanden.

Auf dem ganzen Weg nach oben fragte ich mich, ob der Apachen-Heilkünstler absichtlich den Fahrstuhl außer Betrieb gesetzt hatte.

Man hätte dieses anstrengende Treppensteigen ja ohne weiteres als Bewegungstherapie ansehen können.

Einen Medizinmann kannte ich bis dahin nur aus Winnetou-Filmen. In Letzteren war es so üblich, dass dieser Apachen-Heiler scheinbar ziellos um ein Lagerfeuer herum hopste und dabei etwas Unverständliches vor sich her brabbelte.

Tja, und genau diesen Vorgang erblickte ich dann auch durch die weit offen stehende Praxistür, nachdem ich völlig erschöpft die neunte Etage erreicht hatte. Wobei aus Brandschutz technischen Gründen kein echtes Lagerfeuer brannte. Das Lagerfeuer in der Zimmermitte war auf vier großen im Quadrat angeordneten Bildschirmen zu sehen.

Da ich zu jener Stunde der einzige Patient war, musste ich glücklicherweise nicht lange warten, bis ich an der Reihe war.

Beim Betreten der Praxis bekam ich vom hopsenden Heiltänzer einen Packen beschrifteter Blätter zugeworfen, welche mich über den Ablauf der medizinischen Sitzung aufklären sollten.

Die ersten Zettel besagten, dass mein Gastgeber meiner Sprache nicht mächtig sei, weswegen jene Vordrucke mich schriftlich Schritt für Schritt anleiten würden. Die Reihenfolge der festgelegten Heilungsprozedur sah wie folgt aus.

Zuerst sollte ich meine Personalien aufschreiben, wobei ich auf keinen Fall das Ausstellen einer Einzugsermächtigung für mein Bankkonto vergessen durfte.

Diesen Zettel sollte ich dann dem Medizinmann überreichen und mich direkt im Anschluss daran, mit dem Rücken an eine bestimmte, mit Kork verkleidete, helle Wand stellen.

Was nun weiter passieren würde, stand nicht mehr auf den mir ausgehändigten Anleitungsblättern.

Per Zeichensprache forderte mich der schweigsame Federschmuckträger dazu auf, meine Arme seitlich zu heben.

In dieser Position verharrte ich für einige Momente bewegungslos. Währenddessen folgte der Medizinmann mit einem schwarzen abwaschbaren Stift meinen Körperkonturen, so dass auf der hellen Wand ein Abbild davon entstand.

Wozu dies Alles gut sein sollte, erfuhr ich erst als mir ein paar weitere Informationsbögen ausgehändigt wurden. Ohne es zu ahnen, befand ich mich mitten in der Diagnose-erstellung. Zur Vollendung derselben musste ich nur noch mehrmals mit Pfeil und Bogen auf die Körperkonturen-Zeichnung an der Wand schießen.

Der Schießstand war nur wenige Schritte vom Ziel entfernt, weswegen ich mein Abbild sogar mit jedem Schuss traf.

Aus den diffus verteilten Treffern erstellte nun der Schamane eine individuelle Diagnose. Er hielt es jedoch nicht für nötig, mir Diese kundzutun. Wie sollte er auch, er sprach ja kein Wort deutsch.

Resultierend aus dem erstellten Befund, erhielt ich weitere Blätter gereicht. Auf jenen Seiten stand, dass ich zum Zwecke der Behandlung eine Tanztherapie der Apachen erlernen sollte, wobei eine begleitende Trinkkur mit einem traditionellen Apachen-Kräutertee unver-zichtbar wäre.

Bei den verlockenden dreistelligen Preisen blieb mir nichts Anderes übrig, als eifrig mit dem Kopf zu nicken.

Nach einer zehnminütigen Einweisung beherrschte ich bereits die Schrittfolge des heilenden Tanzes.

Zugegeben, zuerst dachte ich, ein dreistelliger Betrag sei für eine zehnminütige Therapie viel zu kostspielig. Als mir dann aber einfiel, dass ziemlich viele Menschen für einen sekundenlangen Bungee-Sprung fast Dasselbe bezahlten, fand ich den Preis, für meine im Vergleich recht lange Behandlung richtig gehend billig.

Der individuell angemischte, kostspielige Apachen-Kräutertee wurde mir dann beim Abschiedsritual überreicht.

Der Tee befand sich praktischer Weise in Aufguss-Beuteln und der Geschmack war, wie ich später zu Hause erfahren durfte, reichlich verblüffend.

Dieses Zeug schmeckte haargenau wie der billige Kräutertee, welchen ich kurz zuvor im Supermarkt erstanden hatte.

Es kam, wie es kommen musste. Trotz meines zweiwöchigen täglichen Tanzens und Teetrinkens verließ mich mein Fußpilz nicht. Wahrscheinlich hatte ich wieder Irgendetwas falsch gemacht. Das hatten jedenfalls immer die anderen Ärzte und Heilpraktiker behauptet, wenn ihre Behandlungen nicht erfolgreich gewesen waren.

Wie sollte es nur weitergehen?

Eines Abends kurz vor dem Ende eines Fernseh-Werbeblockes kam ich zu einer logischen Erkenntnis. Es wurden so einige Tonika gegen allerlei Gebrechen und zur allgemeinen Körperstärkung beworben. Meine logische Schlussfolgerung war, dass ja nicht alle Anbieter in ihrer Fernsehwerbung die Unwahrheit behaupten konnten. Also musste dementsprechend mindestens ein Präparat die gewünschte Wirkung besitzen.

Am nächsten Morgen kaufte ich mir deshalb einige flüssige Tonika zur allgemeinen Stärkung der Abwehrkräfte. Darunter auch ein Wässerchen, das von Nonnen produziert worden sein sollte.

Von jeder Tinktur nahm ich, wie es auf der jeweiligen Packung stand, drei bis fünf Esslöffel über den ganzen Tag verteilt zu mir.

Die Wirkung setzte bereits am frühen Nachmittag ein. Urplötzlich fühlte ich mich pudelwohl und spürte meinen Fußpilz bedingten Juckreiz nicht mehr.

Herrlich.

Um nun heraus zu bekommen welches Mittel die heilende Wirkung besaß, änderte ich immer wieder die Reihenfolge der Einnahme von Tonika und Wässerchen.

Überraschenderweise trat die Wirkung immer zur selben Tageszeit ein, nämlich am frühen Nachmittag.

Irgendeinen Inhaltsstoff mussten wohl alle Präparate gemeinsam haben, kam es mir in den Sinn. Als ich daraufhin die Auflistungen der

Inhaltsstoffe studierte, fand ich in der Tat einen Wirkstoff, der in jedem Gebräu vorzufinden war. Es war Alkohol und die Prozentangaben variierten von zwanzig bis neunundsiebzig.

Nun verstand ich Einiges. Den Juckreiz am Fuß hatte ich nicht verspüren können, weil ich sternhagelvoll und daher betäubt gewesen war.

Auch die starke Nachmittags-Müdigkeit und den morgendlichen Kopfschmerz konnte ich mir nun erklären.

Tja, wieder einmal hatte ich mich ins Bockshorn jagen lassen.

Erst als ich vor kurzem per Empfehlung eines Freundes eine fähige Akupunktur-Ärztin, die wirklich etwas von ihrer Heilkunst versteht, gefunden hatte, erreichte ich die Beschwerdefreiheit für meine Füße.

Was für eine Wohltat.

Tante Wintergarten

Tante Gisela, die einzigartige Tante von Olli, war gestorben. Aus Gründen, die ich noch im weiteren Verlauf erläutern werde, nannte Olli sie aber immer nur Tante Wintergarten, jedenfalls dann wenn sie nicht anwesend war.
Als einziger noch lebender Verwandter war Olli davon überzeugt, der Allein-Erbe zu sein.
Seine Trauer hielt sich derweil sehr in Grenzen, denn genaugenommen empfand er dieses Erbe in erster Linie als eine Art Schmerzensgeld für jene vergeudeten Lebensstunden, die er auf Tante Wintergarten`s Geburtstagsfeiern verbringen musste. Nur zu gut erinnerte er sich an die vielen negativen Vorkommnisse in ihrem Haus.
Tante Wintergarten hatte seit dem Tod ihres Mannes überaus sparsam, oder besser gesagt, fürchterlich geizig gelebt. Andere Frauen, die von ihrem Gatten einen Batzen Geld geerbt hatten, waren kurz nach dessen Beerdigung erst mal in die Stadt gefahren, um sich dort mit allerhand Schmuck und exklusiven neuen Kleidern einzudecken. Zum Abrunden gefolgt vom Besuch eines Nobelfrisörs, damit die

Haare dann auch zu den gerade erstandenen Klunkern und Textilien passten. Nicht so Olli`s einzige Tante. Sie war beim Ableben ihres Gatten erst dreiundachtzig Jahre jung, was sie sicherlich dazu veranlasste, ihr ganzes Geld für eventuell kommende schlechte Zeiten zurückzulegen.

Sie gönnte sich und erst recht ihren Gästen wirklich nichts von hochwertiger Qualität, aber das hielt Olli und die Nachbarinnen der Tante nicht davon ab, jedes Jahr aufs Neue anlässlich ihrer sogenannten Geburtstagsparty vor Ort zu erscheinen.

Tante Wintergarten`s Ehrentag befand sich mitten im Hochsommer und zu dieser Jahreszeit konnte es enorm heiß unter den Scheiben ihres an das Wohnzimmer angrenzenden Wintergartens sein.

Deshalb der Kosename Tante Wintergarten.

Es war die Verbundenheit mit der Tradition, die Ollis Tante dazu veranlasste, ausschließlich in diesen Räumlichkeiten zu feiern. Das war jedenfalls der offizielle Grund. In Wirklichkeit saßen alle immer in diesem Brutkasten, weil schon nach kurzer Zeit ein sibirisch kalter Luftzug Tante Gisela`s verschwitzten Körper bedrohte, wenn eine Tür geöffnet wurde oder man im Garten einen Kaffeeklatsch abhielt.

Der Wintergarten hatte zur Freude der Tante

aber keine zu öffnenden Türen oder Fenster. All das hielt sie jedoch nicht davon ab, sich über die dort vorherrschende Hitze zu beschweren.

Den Rat der Anderen, doch eine der zwei Nylonstrumpfhosen oder das Wollhemd unter der Bluse und dem dicken Pulli auszuziehen, wollte und konnte sie nicht befolgen. Dann hätte sie sich garantiert umgehend erkältet – meinte jedenfalls Tante Wintergarten.

Ganz von den klimatischen Bedingungen abgesehen, war auch die Verköstigung bemerkenswert. Zur Kaffeezeit gab es niemals Kuchen, sondern stets eine Ansammlung nicht mehr ganz frischer Kekse. An guten Tagen zerstückelte Tante Wintergarten sogar eine billige Schokolade und garnierte damit den üppigen Keks-Teller.

Das Trinken des Kaffees unterließ Olli nicht in erster Linie wegen der schlechten Geschmacksqualität, sondern auf Grund der, für Olli unappetitlichen Art der Zubereitung. Die Füllung eines Kaffeefilters benutzte sein Tantchen mindestens drei Mal für das Aufbrühen, des schwarzen, wässrigen Getränkes, wobei der bereits benutzte Kaffeefilter ohne weiteres schon mehrere Tage in der Kaffeemaschine gelagert worden sein konnte. Selbstverständlich trank Tante

Wintergarten nicht jeden Tag diese teure Köstlichkeit.

Dass Tante Gisela nicht einmal einen schmackhaften Tee zubereiten konnte, erfuhr Olli`s Gaumen, nachdem er seiner sparsamen Verwandten einen feinen Earl Grey Schwarztee geschenkt hatte.

Alle damals anwesenden Gäste waren von Olli`s Mitbringsel begeistert und um dem scheußlichen Kaffee zu entgehen, baten sie alle einstimmig die Gastgeberin, doch einen Tee zu kochen, damit sie sich selbst davon überzeugen konnten, welch feines Bergamotte-aroma in ihm steckte.

Tante Gisela war murrend einverstanden. Genervt trottete sie in die Küche. Als sie nach zirka Zehn Minuten wiederkam, ließen sich Alle in freudiger Erwartung den Tee eingießen, tranken einen Schluck davon und mussten gleich darauf feststellen, dass der Tee genauso schlecht schmeckte wie der verhasste Kaffee.

Weswegen das so war, entdeckte Olli wenig später, als er den zweiten Schluck Tee, den er beim besten Willen nicht mehr runter schlucken mochte, in der Küche ins Waschbecken spuckte. Nebenbei fiel nämlich sein Blick auf die Kaffeemaschine, aus welcher doch tatsächlich die Etiketten zweier Teebeutel heraus baumelten, also aus der

Glaskanne der Maschine.

Tante Wintergarten hatte, wie viele andere Menschen auch, den Tee in der Kaffeemaschine zubereitet. Dummerweise hatte sie dabei nur vergessen gehabt, den gebrauchten Kaffeefilter zuvor zu entfernen.

Überflüssigerweise war auch der Geruch, der von Tante Gisela selbst ausging alles andere als angenehm. Obwohl sie eine regelmäßige vernünftige Körperhygiene praktizierte, roch sie merkwürdig muffig. Das lag ganz einfach daran, dass sie ihre gebrauchten Textilien nur sehr selten wusch. Schließlich trug jede Wäsche dazu bei, dass die Textilien dünner und rissiger wurden, so ihre offizielle Begründung.

Nun aber war sie verstorben und über Verstorbene soll man ja nicht schlecht reden.

Olli hatte mich gebeten, ihm beim Abarbeiten des Nachlasses seiner Tante zu helfen und dazu war ich natürlich gerne bereit.

Weil er damit rechnete, dass Tante Gisela eventuell noch irgendwo im Haus Bargeld versteckt gehabt hatte, dauerte die konzentrierte Räumung etwas länger.

Als ich gerade dabei war, die Ablage auf dem Wohnzimmertisch zu ordnen, fiel mir der ganz oben liegende Werbeflyer eines Bestattungsunternehmens auf. Er lautete wie folgt:

Super Sparwochen

Jetzt im Angebot, Särge für Unter- und Übergrößen. Nur noch wenige Tage für sensationelle 999,- Euro anstatt vorher 1500,- Euro.

Auch der Hammer, die Feuerbestattung. Erfüllen Sie sich ihren Kindheitstraum. Machen Sie Ihrem verhassten Verwandten Feuer unter dem Hintern*.
Unser Tiefpreis Angebot: 699,- Euro anstatt bisher 1000,- Euro.

Die zu bestattende Leiche passt nicht in die Kategorie Unter- bzw. Übergrößen? Kein Problem, gegen einen kleinen Aufschlag wird das, was nicht passt passend gemacht.

*Angebot gilt nur für bereits verstorbene Verwandte.

Sofort rief ich Olli und zeigte ihm diesen Werbezettel. Ich war fassungslos über eine derartige Pietätlosigkeit des Anbieters. Olli schüttelte allerdings nach dessen Lektüre aus einem ganz anderen Grund seinen Kopf.
"Typisch Tante Wintergarten. Sie ist nur deshalb diese Woche gestorben, damit sie

selbst im Tode noch ein Schnäppchen machen kann".

Ich fand diese Aussage traurig und belustigend zugleich.

Noch vor der Beisetzung seiner Tante bekam mein Freund vom Notar einen Brief. Hierin stand, dass Olli nur einen Pflichtanteil vom Erbe seiner Tante erhalten würde, weil sie ihr restliches gesamtes Vermögen testamentarisch einer dubiosen Organisation zur Rettung der Weltmeere vererbt hatte.

Als einziger noch lebender Verwandter hatte er als hinterbliebener Neffe nun zu allem Überfluss auch noch die Kosten der Beerdigung zu übernehmen, so dass sein Erbanteil abzüglich aller Kosten ein Plus von 3,-€ ausmachte.

Kein Wunder, dass er über all Dies mehr als nur leicht verärgert war. Für die Bestattungsfeier hatte er sich als kleine Rache ein ungewöhnliches, angebliches Lieblingslied seiner Tante ausgesucht, welches dann später bei der Trauerfeier in der Kapelle des Friedhofs auch gespielt wurde. Es war das Lied "Mief!" von den Doofen.

Für Alle, die den Text des Liedes nicht kennen, hier ein Auszug auf der Folgeseite:

Nimm mich jetzt
 Auch wenn ich stinke
Denn sonnst sag` ich Winke Winke
Und Good Bye

Denn dort drüben an der Lampe
Ist auch schon die nächste Schlampe
Für mich frei

Schreib` mir bitte keine Briefe
Nimm mich jetzt
Auch wenn ich miefe
Wie ein Aal

Einer frischverliebten Nase

Sind gelegentliche Gase
Ganz egal

Mief, Mief, Mief, Mief, Mief

Sagt doch über den
Charakter gar nichts aus

(Quelle: Die Doofen, Songtext von Mief!)

Die   bei   der   Trauerfeier   anwesenden
Nachbarinnen und der restliche kleine

Freundeskreis der verstorbenen Tante, war beim Abspielen dieses Liedes zwar offensichtlich reichlich irritiert, aber das war Olli egal. Für ihn war es genau der passende Song, der ihm ausreichend viel Trost spendete.

Dinner for Wang

Etwas später lernte ich Viola kennen und war sofort in sie verliebt. Ihr ging es mit meiner Person offensichtlich ebenso und so war es kein Wunder, dass wir wenig später in eine gemeinsame Wohnung zogen.

Wir waren voller Tatendrang und wollten unter Anderem auch beruflich nochmal richtig durchstarten. Den Anfang machte Viola. Sie kündigte ihren langjährigen Arbeitsplatz, um anstatt dessen als Rezeptions-Kraft in der Praxis des Schönheits-Chirurgen Dr.Wang zu arbeiten. Dort erhielt sie monatlich deutlich mehr Gehalt, als bei der vorherigen Stelle.

Dr. Wang war ein jungdynamischer Chef, der seine Praxis gerade erst eröffnet hatte und deshalb war er zunächst noch recht unerfahren, was den Umgang mit Angestellten anging. Oft reagierte er zu harsch, so dass das Arbeitsklima nicht unbedingt als gut zu bezeichnen war. Glücklicherweise erkannte er dies recht schnell und besuchte einen Workshop mit dieser Thematik für Ärzte.

Nach dieser beruflichen Fortbildung hatte er sich dazu entschlossen, seinen Angestellten gegenüber als Kumpelhafter Chef aufzutreten. Um jeden Mitarbeiter auch privat etwas besser kennen zu lernen, wollte er in Begleitung seiner Gattin jedes Mitglied des Praxisteams nacheinander zu Hause besuchen.

Am letzten Arbeitstag der Woche, also Freitag, wurde per Losverfahren über die Reihenfolge entschieden und dabei kam heraus, dass Viola die erste war, die das Ehepaar Wang bei sich zu Hause empfangen durfte beziehungsweise sollte.

Als ich an diesem Tag am Nachmittag gutgelaunt nach Hause kam, freute ich mich auf ein erholsames November-Wochenende inklusive langem Ausschlafen.

Viola begrüßte mich liebevoll und berichtete mir vom geplanten Besuch ihres Chefs samt Gattin in unseren bescheidenden Vier Wänden. Erst ganz zum Schluss rückte sie damit raus, dass die Wangs uns bereits am nächsten Tag, also Samstag, zum Abendessen besuchen würden.

Meine Begeisterung hielt sich stark in Grenzen, denn ich wusste, das mit dem erholsamen Wochenende konnte ich vergessen. Den Rest des Freitags verbrachten wir damit, unsere Vorzeigeräumlichkeiten einer auf-wendigeren Grundreinigung zu unterziehen.

Als wir dann endlich mit dem Putzen, Schrubben, Polieren und Staubsaugen fertig waren, so gegen Mitternacht, wollte ich verständlicherweise schlafen gehen. Mein

Schatz gab mir jedoch zu verstehen, dass wir erst noch die Rezeptbücher durcharbeiten müssten, damit wir am nächsten Morgen direkt nach dem Aufstehen, die notwendigen Einkäufe tätigen konnten.

Da ich vor Müdigkeit kaum mehr in der Lage war, meine Augen offen zu halten,las mir Viola aus unseren Fernsehkochbüchern alle Rezepte vor, die sie für angemessen hielt.

Ich sollte einfach nur die passenden Seitenzahlen aufschreiben, damit wir später die Kochanweisungen für die engere Auswahl schnell wiederfinden konnten.

Wie man sich vorstellen kann, war diese Aufgabe alles Andere als erquickend für meinen müden Geist, so dass ich immer wieder einschlummerte. Deshalb fand es Viola notwendig, mich mit einigen Ellenbogenstößen in die Rippen dann jeweils wieder aufzuwecken.

Gegen drei Uhr Morgens hatten wir tatsächlich das vollständige Menü für den folgenden Abend herausgesucht gehabt, doch ehrlich gesagt, hatte ich es überhaupt nicht mehr bewusst wahrgenommen für welche Speisen, sich mein Hasilein entschieden hatte. Das war mir zu jenem Zeitpunkt auch wirklich furzegal.

Da ich keine weiteren Ellenbogenstöße

empfing, fiel ich sehr schnell in den Tiefschlaf.
Der Wecker klingelte und ich hatte den
Eindruck, als wenn ich gerade erst eine viertel
Stunde geschlafen hätte.

Draußen hinter dem Schlafzimmerfenster war
es stockfinster, weswegen ich auch zunächst
zu der Überzeugung gelangte, lediglich einen
jener schlechten Weckerklingelträume zu
erleben.

Allerdings wurde mir dann doch der
Realitätsgehalt meiner Eindrücke rabiat
verdeutlicht. Viola entriss mir die Bettdecke,
hielt mir den Wecker vor die Nase und gab mir
zu verstehen, dass wir pünktlich um acht Uhr
morgens, also in einer halben Stunde, als erste
Kunden den Supermarkt erstürmen müssten,
um die frischesten und besten Gemüse-
exemplare ergattern zu können.

Da ich ihr versprochen hatte, sie beim Einkauf
zu begleiten, murrte ich nur etwas und
schlüpfte in meine Kleidung.

Normalerweise gehe ich sonst nie ohne ein
ausgiebiges Frühstück aus dem Haus, aber an
jenem Morgen wurde ich dazu genötigt.

Pünktlich um acht Uhr öffnete der Supermarkt
seine Pforten und wir Beide erstürmten als
einzige Kunden die menschenleere Lebens-
mittelabteilung.

Mein Magen knurrte und ich fühlte mich

furchtbar schlapp.

Wie schlapp ich wirklich war, bemerkte ich erst so richtig in dem Moment, in welchem mir Viola, nach der Bezahlung der Ware, den prallgefüllten Rucksack überstülpte.

Hielt sie mich etwa für Obelix, der ja bekanntlich gerne einen schweren Hinkelstein mit sich herumführte. Dabei weiß doch jedes Kind, dass dieser Kerl nur deshalb so stark war, weil er irgendwann mal in einen Zaubertrank gefallen war. Mir fehlte an besagtem Samstag Morgen halt ganz einfach mein Zaubertrank, nämlich ein starker Kaffee.

Da wir nicht weit entfernt von unserem Supermarkt wohnten, würde ich aber wohl nicht mehr allzu lang auf mein leckeres koffeinhaltiges Getränk inklusive Brötchen warten müssen, so dachte ich.

Leider hatte ich mich mal wieder zu früh gefreut gehabt. Nachdem nämlich Viola ihren Einkaufszettel erneut betrachtet hatte, war ihr etwas aufgefallen. In unserem Stadtteil, im Süden von Hamburg, gab es kein Spezialfachgeschäft für exotische Gewürze. Solch ein spezielles Gewürz brauchten wir allerdings, denn nach Angaben unseres Kochbuchs, würde das ganze Essen ohne dieses Spezialgewürz ansonsten furchtbar fade schmecken.

Diese Tatsache bedeutete nichts Gutes für meinen Wunsch, nach einem ausgiebigen Frühstück.

Auf dem Weg zur S-Bahn in Richtung Hamburger Innenstadt ergatterte ich zumindest einen heutzutage sogenannten coffee to go. Die Qualität dieser Schwarzen Brühe war unterirdisch. Auch das zusätzlich käuflich erworbene Croissant war trotz des hohen Preises nicht besonders schmackhaft. Wahrscheinlich war es ein Exemplar vom Vortag, das als frisch verkauft wurde.

Weil es damals noch keine Internet Suchmaschine gab, wanderten wir nach Erreichen der City, durch sämtliche Straßen der Innenstadt und fanden dann tatsächlich solch ein von uns gesuchtes Fachgeschäft.

Das gesuchte Gewürz war vorrätig und die daumengroße Knolle war so teuer wie zirka drei Frühstücksbuffets im Nobelrestaurant unseres Heimatstadtteils. Was für eine Geldverschwendung.

Als wir zurück nach Hause kamen wollte ich nur noch meine Beine hochlegen. Meine Pause war allerdings nur von kurzer Dauer, denn mein Schnuckiputzilein erinnerte mich daran, dass ich mit der Abwasch an der Reihe war. Eine Spülmaschine besaßen wir leider nicht. Während mein Hasilein die Lebensmittel für das Abendessen zubereitete, machte ich also die überraschend große Geschirrabwasch.

Mir fiel nach einer knappen dreiviertel Stunde dieses ungewollten Handbades fast die Haut von meinen Fingern ab, obwohl dies laut TV-Werbung bei unserem Spülmittel eigentlich nicht hätte passieren dürfen.

Nach der Abwasch öffnete ich die Weinflaschen, damit der Wein atmen konnte. Der TV-Koch hatte wirklich für jeden Gang, von der Vorspeise bis zur Nachspeise, einen anderen Wein empfohlen. Normal fanden wir das zwar nicht, aber unseren wichtigen Gästen wollten wir ja auch kein stinknormales Abendessen auftischen.

Auch wenn ich Viola üblicherweise nicht beim Kochen helfen sollte, gab es eine Ausnahme. Das Zwiebel Schälen und Würfeln.

Bei allen anderen Produkten machte ich, ihrer Meinung nach, etwas falsch. Entweder waren meine Paprikascheiben zu dick, zu dünn oder ich rührte die im Kochtopf brodelnde Sauce nicht in der richtigen Geschwindigkeit, wodurch deren Konsistenz stets negativ beeinflusst wurde.

Das Schälen und Würfeln der Zwiebeln , sollte ich trotz der mir angedichteten Unge-schicklichkeit jedenfalls immer wieder über-nehmen. So auch an jenem Tag.

Viola verabscheute diese Tätigkeit wegen der Tränen erzeugenden starken Zwiebeldämpfe.

So richtig begeistert war ich von der mir anvertrauten Aufgabe zwar ebenfalls nicht, aber ich liebe jenen herzhaften Geschmack dieses angebratenen Gemüses.

Für den bevorstehenden Gaumengenuss musste ich da halt durch. Außerdem erleichterte mir der Rat einer guten Bekannten diese Arbeit. Meine Ratgeberin setzte sich bei der Zwiebelzubereitung nämlich immer eine Schnorchel-Taucherbrille auf, damit die Tränen erzeugenden Dämpfe nicht an ihre empfindlichen Nasen- und Augenschleimhäute gelangen konnten.

Was soll ich sagen, der Taucherbrillen-Trick funktionierte tatsächlich.

Weder Hast noch andere störende Begleit-umstände hinderten Viola und mich von nun an bei der Verrichtung unserer Dinner-Vorbereitungen.

Genau um achtzehn Uhr klingelte es plötzlich an der Wohnungstür. Da wir unsere Gäste erst um acht Uhr erwarteten, wussten wir nicht wer da vor unserer Tür stand.

Weil ich mich beim Zwiebel-Tranchieren erheblich gestört fühlte, eilte ich leicht verärgert zum Wohnungseingang.

Nachdem ich die Pforte geöffnet hatte, blickte

mich ein extrem aufgestyltes Paar ungläubig an.

Der männliche Teil des Paares behauptete, sie hätten sich wahrscheinlich in der Tür geirrt und wollte sich sofort wieder verabschieden.

Selbstverständlich wollte ich dennoch wissen, mit wem zu reden ich das Vergnügen hatte und zu wem die Beiden denn wollten.

Das Paar gab sich als Ehepaar Wang zu erkennen, woraufhin ich heiter erwiderte, dass sie sich nicht in der Tür, sondern lediglich in der Zeit geirrt hätten.

Mich noch immer ungläubig anstarrend, betraten Frau und Herr Wang endlich zögernd unser bescheidenes Zuhause.

Weswegen die Beiden so merkwürdig glotzten, fiel mir in dem Moment auf, in welchem ich mich zufällig im Garderobenspiegel erblickte.

Ich hatte ganz einfach vergessen gehabt, die Taucherbrille abzusetzen. Natürlich holte ich dies augenblicklich nach.

Mein Schatz hatte unseren Dialog mit-bekommen und gesellte sich aus der Küche kommend zu uns, um unsere Gäste ebenfalls herzlich zu begrüßen.

Dieser offensichtlich schlecht zuhörende junge Schönheits-Chirurg hatte, wie sich heraus-stellte, achtzehn anstatt acht Uhr verstanden, wodurch mein Schnuckiputzilein und ich nun doch noch in Hektik gerieten.

Ich führte die Wangs in unser Wohnzimmer und stellte an unserer Stereoanlage eine unaufdringliche Hintergrundmusik in dezenter Lautstärke ein.

Während sich die Wangs in unserer Guten Stube mental auf das Abendessen vorbereiteten, jagten Viola und ich durch die Küche.

Als wir schließlich völlig geschafft zu Tisch baten, inspizierten unsere feinen Gäste skeptisch die feierlich gedeckte Tafel.

Violas Chef gab uns umgehend zu verstehen, dass wir die hochglanzpolierten Weingläser gleich wieder in den Schrank zurück stellen könnten. Die Reaktion auf unsere verblüfften Blicke war, dass sich Doktor Wang und seine Gattin als absolute Antialkoholiker outeten.

Nun gut, wir hatten damit kein Problem. Jeder soll halt so leben, wie er es für richtig hält.

Ein Problem mit ihrer Einstellung zur Alkoholverwendung hatten jedoch unsere Gäste.

Ganz offensichtlich erwarteten sie nämlich, dass sich alle anderen Menschen in ihrem näheren Umfeld ebenso abstinent verhielten, wie sie selbst.

Das Ehepaar Wang gehörte, um auf den Punkt zu kommen, zu einer Gruppe von militanten

Antialkoholikern.

Ihre Entdeckung der vielen geöffneten Weinflaschen auf unserem Beistelltisch war unvermeidlich und machte unsere Tischnachbarn sprachlos vor Entsetzen. Doch die Blicke, welche sie austauschten, verrieten uns ihre Schlussfolgerung unmissverständlich: "Oh je, unsere Gastgeber sind Alkoholiker", schrie geradezu ihr Blickkontakt.

Um die Beiden vom Gegenteil zu überzeugen, rührten wir im Laufe jenes Abendessens keinen Tropfen des herrlich trockenen, aber dennoch vollmundigen Weines an.

Das Dinner war auch ohnehin schon trocken genug.

Es war eine fortan störungsfreie Speisenaufnahme, denn alle Anwesenden hielten sich an die altbewährte Regel – mit vollem Mund spricht man nicht.

Nachdem in der langen Zeit der Speisen Verköstigung Viola`s Neugierde deutlich zugenommen hatte, wollte mein Schatz nun zu guter Letzt, verständlicherweise wissen, wie es ihrem Boss samt Gattin denn geschmeckt hätte.

Dr. Wang meinte, er sei im Großen und Ganzen zufrieden, doch die Sauce wäre ihm etwas zu salzig gewesen.

Das hätte er nicht sagen dürfen. Nach all den

Mühen, die meine Liebste auf sich genommen hatte, platzte ihr nun der Kragen.

"Können sie denn immer nur herumnörgeln", fauchte sie ihren Arbeitgeber an. Viola war nicht mehr zu stoppen. Sie schrie ihren ganzen Frust aus sich heraus und ließ kein einziges Gutes Haar an den Praxisvorgängen, inklusive der Arbeitsweise des Schönheits-Chirurgen.

Der mimosenhafte Bepöbelte fühlte sich nach der Schellte seiner Vorzimmerdame persönlich angegriffen und nahm dies zum willkommenen Anlaß, unsere Gastfreundschaft nicht mehr länger zu strapazieren.

Außerdem kündigte er meiner impulsiven Lebensgefährtin fristlos. Das durfte er rechtlich betrachtet sogar, denn Viola`s Probezeit wäre erst wenige Tage später vorbei gewesen.

Eigentlich Schuld daran, dass jener Abend in solch einem Fiasko endete, war aber nicht das unbeherrschte, abschließende Auftreten meiner Liebsten, sondern die von mir ausgesuchte falsche Hintergrundmusik.

Das war jedenfalls Viola`s feste Überzeugung, welche sie mir, bildlich gesprochen, fortan immer mal wieder an den Kopf warf.

Weihnachtsfeier XXS

In der Firma, in der ich gerade erst seit einem halben Jahr beschäftigt war, stand die betriebliche Weihnachtsfeier an. Das ist im Grunde genommen nichts Schlimmes. Allerdings spielte mir gerade zu jener Zeit mein Gehirn einen Streich. Es war eine nur leichte psychologische Problematik. Wie aus heiterem Himmel war sie zum Vorschein gekommen und nach ein paar Wochen verschwand sie genauso plötzlich, wie sie gekommen war. Laienhaft beschrieben, könnte man sagen, die Anwesenheit einer anderen Person während der Nahrungsaufnahme war der Auslöser meines Problems.

Das Problem bestand darin, dass ich mir beim akustischen Wahrnehmen des Kauens eines Tischnachbarn unwillkürlich das Innere seines Mundes vorstellte. Vor meinem Geistigen Auge sah ich dann immer das Zermahlen der Nahrung, das darauffolgende Hinzufließen des Speichels und die weitere Aufbereitung der matschigen, Speichel durchtränkten Masse. Dass mir bei dieser Vorstellung der Appetit gründlich verging und der Ekel überhand gewann, ließ sich dabei nicht vermeiden.

Normalerweise benutzte ich in jener Phase Ohrstöpsel wenn ich alleine auswärts Essen ging. Bei der bevorstehenden Weihnachtsfeier war das aber natürlich nicht möglich.

Aus langjähriger Erfahrung wusste ich aber, dass bei einer derart großen Ansammlung von Restaurant-Gästen ein ziemlich lauter Geräuschpegel erreicht wurde, welcher garantiert das Kaugeräusch der Arbeits-kollegen übertönen würde.

So ging ich also gutgelaunt in das Restaurant, in dem das Weihnachtsessen stattfinden sollte.

Es war ein kleines Restaurant und alle Tische waren für die Belegschaft unserer Firma reserviert worden, zirka zwanzig Leute.

Nach dem Betreten des Gastraumes war ich dann etwas irritiert. Weil ich wegen schlechter Verkehrsbedingungen ungefähr fünf Minuten zu spät eintraf, erwartete ich, dass alle anderen Mitarbeiter schon laut plaudernd an den Tischen saßen.

Dem war allerdings nicht so. Nur unser Chef Herr Kleinschmidt saß mutterseelenallein am Kopfende einer langen Tischreihe.

An diesem Tag hatte ich Überstunden abgebummelt und war somit nicht in der Firma gewesen. Wie Herr Kleinschmidt mir berichtete, hatten am Vormittag bis auf ihn alle Angestellten von der selbstgemachten Tiramisu, die eine langjährige Kundin mitgebracht hatte, gegessen. Eines der rohen verarbeiteten Eier in dieser Süßspeise war aber wohl schlecht gewesen, so dass nun Alle die davon gegessen hatten unter Magen-Darm-Problemen litten.

So saßen Herr Kleinschmidt und ich nun als einzige Gäste im Restaurant "Zum Hirschen".

Welch ein Fiasko. Der schützende Lärm der Kollegen entfiel also komplett. So würde ich beim späteren Essen das Kaugeräusch von Herrn Kleinschmidt garantiert deutlich zu hören bekommen.

So ein Mist, aber da musste ich nun irgendwie durch. Während der angeregten Unterhaltung zermarterte ich mir im Unterbewusstsein den Kopf darüber, wie ich meinem besagten psychischen Defekt begegnen sollte. Nach mehreren Schlucken des frisch gezapften Bieres kam mir glücklicherweise noch rechtzeitig die Erleuchtung.

Um das Kauen meines Gegenübers nicht mit anhören zu müssen, musste ich ganz einfach lauter essen als er. Ein Stein fiel mir vom Herzen.

Bis das Essen aufgetischt wurde, hatten wir ein interessantes Gespräch. Herr Kleinschmidt vertrat einige Ansichten, die ich mit ihm teilte.

Während des wenig später beginnenden Essens sollte ich eine weitere, gravierende Gemeinsamkeit kennenlernen.

Herr Kleinschmidt litt nämlich auch unter jenem rätselhaften, Ekel verursachenden Kau-Syndrom.

Im Nachhinein betrachtet musste es wohl so gewesen sein, dass jeder von uns Beiden, ohne vom Problem des jeweils anderen Kenntnis zu haben, den Entschluss getroffen hatte, lauter zu essen als sein Gegenüber.

Es war grausam, was sich in der schlecht klimatisierten Restaurantluft zusammenbraute.

Das Personal servierte schließlich die vorbestellten Speisen mit Beilagen. Missmutig blickte ich herab auf den Teller und mein Tischnachbar tat dies sicherlich auch.

Die Floskel Guten Appetit, welche wir artig austauschten, wirkte auf mich so, als wenn man einem Vegetarier Guten Appetit zu einem fettigen Stück Schweinefleisch gewünscht hätte.

Die unausweichliche Nahrungsaufnahme begann. Schon nach wenigen Auf- und Abwärts-Bewegungen von Herrn Kleinschmidts Unterkiefer musste ich leider folgendes feststellen. Ich aß viel zu geräuscharm. Sein Kaugeräusch-Pegel war wesentlich höher als meiner, weswegen meine sofortige Reaktion darin bestand, durch einen verstärkten Einsatz meiner Beissmuskeln, die Kaugeschwindigkeit samt Geräuschpegel rapide zu erhöhen.

Zum damaligen Zeitpunkt war ich dann doch schon überrascht, als mein Chef dies ebenfalls tat.

Meinen größten Anstrengungen zum Trotz, aß Herr Kleinschmidt immer noch lauter als ich. Die Frage, weswegen er mein Vorgehen fast simultan imitierte, stellte ich mir in der ganzen Aufregung aber nicht.

Als ich mir schließlich nicht mehr anders zu helfen wusste, setzte ich das im Volksmund sogenannte Geräusch des Schmatzens ein, wodurch ich tatsächlich einen, im direkten Vergleich, höheren Geräuschpegel verbuchen konnte.

Herr Kleinschmidts Konter ließ nicht lange auf sich warten. So saßen wir uns also laut schmatzend am Tisch gegenüber und starrten uns dabei rivalisierend an.

Wir werden wohl zirka zwei Minuten in dieser Form gespeist haben, als mein Gegenüber als Erster erkannte, dass es gar nicht darum ging, lauter zu essen. Es ging eigentlich nur darum, das Kaugeräusch des Anderen irgendwie zu übertönen.

Jeder normale Mensch hätte spätestens an diesem Punkt unseres Weihnachtsessens die einfache Feststellung gemacht: Hier stimmt irgendetwas nicht.

Wir aber waren wie in Trance und unsere Gedanken drehten sich im Kreise. Jeder von uns Beiden wollte einfach nur lauter sein als der Kontrahent.

Mit all der Routine eines erfahrenen Unternehmers schaffte es Herr Kleinschmidt, während des Schmatzens, auf die Idee zu kommen seinen Akku-Trockenrasierer aus dem Aktenkoffer zu nehmen und einzuschalten, so das dessen lautes Dröhnen den Gastraum gnadenlos beschallte.

Diese Taktische Maßnahme war leider erheblich lauter als mein Schmatzen.

Unsere anstrengende Art des Speisens verursachte, wie man sich wohl denken kann, einen erheblichen Durst.

Wir ließen deshalb in relativ kurzen Abständen einige Bierchen durch unsere ausgetrockneten Kehlen fließen.

Obwohl meine geistigen Fähigkeiten durch den Alkoholgehalt des Hopfengetränkes gemindert worden waren, startete ich intuitiv den richtigen Gegenangriff.

Durch das klangvolle Draufhauen mit dem Esslöffel auf meine Seite des stylischen Metalltisches erzeugte ich einige erstaunliche Rhythmen und schon bald taten wir dies im Duett.

Diese ohne Zweifel etwas fremdartige aber

auch irgendwie musikalische Darbietung veranlasste mich schließlich dazu, ein paar alte Hamburger Sauflieder anzustimmen.

Der zunächst so unnahbare, knallharte Geschäftsmann mir gegenüber wurde plötzlich melancholisch. Mit Tränen in den Augen erzählte er mir von seinen Erinnerungen an seine Sturm und Drang Zeit. Scheinbar fehlten ihm die guten alten Sauflieder bei seinen aktuellen Schicki-Micki-Partys mehr, als er es geahnt hatte.

Weil sich mein Chef, nicht mehr an die darauffolgenden Ereignisse des restlichen Abends erinnern konnte, verständigten wir uns am nächsten Arbeitstag darauf, offiziell ein unspektakuläres Weihnachtsessen zelebriert zu haben.

Dass ich mich genauso wenig an den restlichen Abend erinnern konnte, hatte ich Herrn Kleinschmidt übrigens vergessen zu sagen.

Jedenfalls haben er und auch ich seit dieser Weihnachtsfeier XXS im Restaurant "Zum Hirschen", auf Geheiß des Inhabers, striktes Hausverbot und das, so finde ich, verdeutlicht mehr als viele Worte.

Weil mein Boss nicht wusste, was er mir Alles im Vollrausch anvertraut hatte, hielt er es für ratsam, mir vorsorglich eine saftige

Gehaltserhöhung zu gewähren.

Anfang Dezember war dann schon das höhere Gehalt auf meinem Konto.

Als weihnachtliches Fazit lässt sich abschließend da nur noch Eines sagen:

Ende gut, Alles gut.